……嬢は精霊に愛されて最強です……

……たけど普通に恋したい！

The Reincarnated Count's daughter is the strongest as she is loved by spirits, though she is only wishing for regular romance!

風間レイ
◆
イラスト：藤小豆

TOブックス

です……だけど普通に恋したい！

e n t s

転生令嬢は精霊に愛されて最強

イラスト／藤小豆　デザイン／伸童舎

c o n t

プロローグ

あなた、ちゃんと寝てますか？

野菜食べてますか？

運動してますか？

私、野菜は食べてました。


その日、窓の外が明るくて目が覚めて、徹夜するつもりだったのに寝落ちしたのか、締め切り明後日《あさって》なのにまた印刷割り増しか、なんて思いながら起き上がろうとして、体が思うように動かせないことに気付いた。

やばい。なんだろう。睡眠不足のせい？　それとも病気？

ともかく落ち着こう。熱はあるかな……と額を触《さわ》ろうとして……。

この手はなあに？

ちっちゃい。

ぷよぷよ。

なにこれキューピー？

よく周りを見たら、天井高くて妖精っぽい絵が描かれちゃってるし、壁はペパーミントグリーンで白と金色の装飾入りだ。枕も私が寝ているベッドの天蓋にも、ヒラヒラのフリルがついてる…って、天蓋?! 実物を初めて見たよ。

ここは私の部屋じゃない。いったい何が起こっているんだ。

心臓バクバクで、起き上がろうとしてもやっぱり起きられなくて。

それでも普段なら、いい大人は泣いたりしない。涙目にはなるかもしれないけど、ふえええ……なんて泣かない。それが許されるのは小学生まで。

でも泣いたね。

ほぼ条件反射のように考える間もなく泣いていた。止められなかった。

「まあ、ディアドラ様。どうなさいました？」

横から視界に飛び込んできたのは、大きな青い瞳が印象的な白人の少女だった。

白人さんですよ、奥さん。

街ですれ違うことはあっても、知り合いに外国人がひとりもいない狭い世界で生きてきたから、突然こんな近くに来られるとびっくりしちゃうよ。

びっくりしちゃって、泣くの忘れちゃったよ。

「ちゃんといますよー。怖い夢でも見ちゃいましたかぁ？」

ああこれ、赤ん坊に対する対応だ。友人や姉の子供の相手を何度もしてきたから覚えがある。

赤ん坊や猫と話す時の甘い声は、無意識にやってしまうよね。

このぷよぷよの手も赤ん坊の手だ。

開いて閉じて開いて閉じて。

うん。この手、私の手だ。

ははは……、もう訳がわからなくて笑うしかない。

「きゃー、私の顔を見て笑ってる。かわいい！」

「ちょっとダナ。そんな大きな声を出したら、お嬢様がびっくりしちゃうでしょ」

「でもシンシア、すっごくかわいらしいのよ」

もうひとり来た。今度は赤毛の色っぽい子が。

ふたりともかわいいんだ、これが。

私をお嬢様って言うってことは、メイドだよね、このふたり。それっぽい服を着てるもん。

メイド、レベル高いな。って、そんな場合じゃない。なんで私はこんな訳のわからない状況になっているのよ。

今はいつ、ここはどこ、私は誰??

◆

私は某メーカーの物流オペレーター勤務の、普通のＯＬだった。

ちょっとは上昇志向もあって、プログラミングの教室とか通っちゃって、でも趣味に費やす時間の方が大事になって辞めてしまった。

出してたんですよ、薄い本。

べつに腐ってたわけじゃないんだ。女のオタクはみんな腐ってるとは思わないでほしい。でも腐ってるのも平気だった。片足腐ってた時もあったかもしれない。それ腐ってるって言うのかな。半生くらい？

学生時代は時間に余裕があったけど、働き始めると趣味に使える時間は激減して、締め切り前は寝てなんていられない。栄養ドリンク飲んで徹夜なんて当たり前だったのよ。

外出するよりは家でネットしている方が好きで、友人と出かけるのはイベント扱い。休日っていうのは、家でひとりで過ごす日のことだった。

仕事場でもずっと椅子に座り、帰宅しても寝るまでずっと椅子に座り、休日なんて一日中パソコンの前に座っていた。

運動？　通勤で駅の階段上ってるし大丈夫って思っていた。

で、脳の血管に血の塊が詰まってしまった……らしい。

その辺はもう記憶が朧気《おぼろげ》で、誰かがそんなことを話しているのをうっすらと聞いたような気がするだけ。

エコノミー症候群だっけ？　同じ姿勢でずっと座ってちゃ駄目なんだって知ってたけどさ、夢中になってる時って時間が経つの早いじゃん。トイレ以外で席を立たない日もあったのよ。

まだアラサーよ。さすがに親に申し訳ないわ。

妹にパソコンの処分は頼んであったけど、中身を読まれたらもっと申し訳なくなってしまう。もう死んだからお詫びのしようがない。

で、自分はのうのうと生まれ変わって、どうやらいいところのお嬢様。

まじ申し訳ない。

出来れば夢枕に立って、お礼とお詫びのひとつも言いたい。

姪の守護霊になって、大人になるのを見守りたかったよ。


そうして二日ばかりうじうじしていたけど、状況は一向に変わらない。

つまりこれは夢じゃなくて現実で、望む望まないにかかわらず私はこの世界で生きていかないといけない。

もう腹を括《くく》るしかない。

今度こそまっとうに生きて、家族に娘らしいことをして、恋愛がしたい！

物語みたいな恋なんて望んでないわよ。普通でいいの。

自分らしくいられるような相手と、穏やかな恋をして、長く平和に暮らしたい！

もう一度人生をやれるんだから、私は恋をしてみたいんだ！

赤ん坊は暇だった

転生して五日経ちました。この間にいろんなことがわかった。

初日の夕刻、初めて家族と対面したの。

メイド、可愛いと思ったんだけどね、うちの家族の半端ない美形ぶりを見てしまうと、ああ普通の子達なんだなって思ってしまうよ。

彼女達もかわいいんだけどね。会いに行けるアイドルグループには楽勝で入れる可愛さなんだけど、うちのお母様は、世界の美形ランキングの十位以内に入れるんじゃないかってくらいに綺麗だった。

髪は明かりを反射して眩しいくらいのブロンドで、瞳はエメラルドグリーン。見つめられると底なし沼に引きずり込まれる感じ。いや不気味じゃないよ？　見惚れちゃうくらい深い深い綺麗な緑だよ？

長い金色の睫《まつげ》に縁どられたアーモンドアイはくっきり二重で、白人さんだから鼻が高い。子供を三人も生んだようには見えないよ。唇プルプルだよ。

父親の方もすごい美形で、ＳＮＳでたまに流れてくる北欧出身のモデルの写真に紛れていても、誰もおかしく思わずに、この人格好いい！　と話題になりそうな容姿をしている。

銀に近い金色の髪は少し長めで、前髪をかき上げる仕草が色っぽいのよ。

父親なんだけどね、実感ないからさ、抱き上げられると照れ臭いったらない。赤ん坊だけど。

で、アニキ達は天使。

異論は認めない。

五歳の長兄クリスは銀色に近いブロンドのさらさらの髪で、瞳は母親と同じエメラルドグリーン。透明感のある美しさとでも言えばいいんだろうか。天然のフォーカスがかかっているように見えるのは、私の目か頭がおかしいのかな。

「わあ、かわいいね。早く一緒に遊べるようになりたいなあ」

可愛いのはあんただ！　byゼロ歳児。

次兄のアランの方はまだ二歳だけど体が大きくて、赤茶色の髪に父親と同じ灰色の瞳。

お兄さんになったのが嬉しいみたいで、ちょくちょく顔を出しては、私に話しかけたり手や頬に触れてくる。

そして驚いたのが彼らの服装。ここは中世のヨーロッパだったの？

なにその博物館に飾られているようなドレス姿は。

金がかかっているのはわかる。光沢のある布地で、細かい刺繍《ししゅう》が入っている。

でも窮屈《きゅうくつ》そうで動きづらそうなのに、将来私もそれを着ないといけないんですか？

やめようよ、体に悪いよ。私、今回は長生きしたいよ。

中世だと寿命が現代よりずっと短いはず。

なんで過去に転生するかな。未来にしてよ。宇宙旅行させてよ。百歳以上生きさせてよ！

あれ？　でも照明に使っているのは蝋燭《ろうそく》じゃないよね。動物の油でもないと思う。よくわからないけど、油を入れる場所がない。

お父様が飲んでいたお酒のグラスに、綺麗な氷が入っていたし、冷凍庫もあるってこと？

ともかくわからないことが多すぎるから、周囲に人がいる時は会話を聞き逃さないようにして情報を集めた。

最初は何を言っているかわからなかったけどね、ともかく単語を覚えて、絵本を見せてもらったら食い入るように文字を見た。

ものっすごく暇なのよ、赤ん坊って。食って寝るしかすることがないから。拘束具をつけてベッドに置き去りにされているような感じよ。正直苦痛。だから、言葉を覚える時間は嫌ってほどあったのよ。

そうやって集めた情報によると、私がいるのはアゼリア帝国という国らしい。民主主義じゃないんだね。皇帝が治めているらしいよ。

アニメやゲームのせいで、帝国っていうと悪役のイメージがあるんだけどな。

我が家は、ベリサリオ辺境伯家。

私はディアドラ・エイベル　フォン・ベリサリオ。

辺境伯ってなに？　身分的にはどれくらい？　辺境って言うんだから大自然の中に領地があるのかな？

しかもここ、地球の中世ヨーロッパじゃないんですよ。だって、みんな魔法を使っているから。正確に言うと魔法を使うのは精霊で、国民の多くが、貴族は全員が契約を結んだ精霊をいつも連れて歩いている。

最初、綿埃《わたぼこり》か蛍《ほたる》かと思ったよ。小さな丸い正体不明の物体が、みんなの肩のあたりにふわふわ浮いているから。

契約って言ったってね、どんなことをするのかよくわからない。わからないけど、いつの間にか、私の傍《そば》にも水色の光がふわふわ浮いていた。いつ契約したんだろう。

水の精霊らしいよ。

おねしょしちゃうのは、こいつのせいだよ、きっと。

したくないけどさ、まだ生まれて半年たたない子が、トイレに行きたいって意思表示したら異常すぎるから、ここは思い切って漏《も》らすしかないんだよ。

動けないのもつらいけど、これも苦痛だ。早く大人になりたい。

「見てください。お嬢様にもう精霊が！」

「おお、さすが我が娘。これは魔力の高い子になるな」

「楽しみね」

魔力！　知ってる。ＭＰを使い切ると、量が増えるんでしょ。ネットで見た。

筋肉だって手足を使うと増えるし、体力だって運動すると増えるもんね。

じゃあ、増やそうじゃないか。

戦闘する予定はないし、したくないけど。他にすることないし。使い切ると気絶するから眠れるし。赤ん坊は眠ってなんぼだよ。

それって身体に悪いだろうって後から気付いたけど、その時には魔力が増えているのが実感出来たから、楽しくてやめられなかった。

筋肉がついたら楽しくて、マシントレーニング辞められなくなる人がいるのと同じだね。

暇つぶしにもうひとつしていたのが運動。

私が寝かされていたのは、いわゆるベビーベッドというやつで落ちないように柵《さく》がついている。

その柵を蹴《け》った。何度も何度も。

「まあ、そんな下に寝ていたんですか？　すみません。足が当たっちゃいましたね」

でもガタガタ音がするからダナがすっ飛んできて、私をベッドの真ん中に移動させてしまった。

負けないけどね。

体中をうねうねさせて、じりじりと移動して、体のどこかが柵に当たったらそこを起点に回転すればいい。すっごく時間がかかるけど、暇だから。途中で疲れて寝ちゃったりもするけど、そこは睡眠優先で。出来る時だけ無理せず柵を蹴る。

「お嬢様、またですか？」

「また柵を蹴ってるの？」

「ベッドが狭いのかしら。でもとても嬉しそうに蹴ってるのよ」

「ほんとご機嫌ね。遊んでるんじゃない？」

そう。やりたいことをやるために、ちゃんと意志を伝えないといけないと私は学習したのだ。

柵を蹴る時は楽しそうに。きゃっきゃと手も動かしながら蹴る。ひたすら蹴る。

会話を聞いて情報を集めたいから、傍で誰かが話している時はご機嫌な感じで、たまに相槌《あいづち》までうっちゃう。あうとかふぇとかしか言えなくても、覚えた言葉は話す。相手に何を言っているか伝わってなくても話す。

本を読んでくれたりしたらご機嫌だよ？

その時はちゃんと本のページを見せてもらう。読んでいる場所を指で指示してくれたりしたら、超ご機嫌。にこにこしながらお話をおとなしく聞いている。

そうしていたら、子守が楽だからみんな本を読んでくれるようになった。

魔力を使う時は、まず精霊に少しあげる。

精霊って人間の魔力を糧《かて》にしてるんだって。私の精霊は、勝手に魔力吸って、勝手に居つきやがってたわけだ。吸うものが違うだけで、蚊やヒルみたいなもんじゃんね。

強い魔力を持つ人には強い精霊が宿るらしい。

私の精霊、少し大きくなった気がするし、いつの間にか赤い光もふわふわしてた。

餌か。私がしょっちゅう魔力放出しているからつられてきて餌付けされたか。

◆

そうして、私はとんでもなくやかましい赤ん坊になった。

泣かないよ？　単語が話せるようになったら泣く必要ないもんね。

もともとあぶあぶと、言葉にならなくても声のトーンでコミュニケーションしようとしていたから、うるさい子だったしおもしろがられてはいたのよ。

それが単語になった。単語の羅列《られつ》。

助詞とか形容詞はまだ覚えきれてないけど、意思は結構通じるものだ。

そうすると相手もたくさん話しかけてくるから、どんどん単語を覚えていく。

本もたくさん読んでくれるから、いろんな勉強が出来る。

赤ん坊の学習速度、はんぱないよ。

最近は魔力を放出すると魔道具が動くようになったから、頭上に吊るされていた玩具の魔道具を順番に動かして、魔力放出して。もちろん精霊にも食べさせて。

玩具の奏でる音楽の中、水色と赤の精霊がふわふわ踊るように揺れて、私は柵をがたがた蹴りながら、手をバタバタさせつつ単語を羅列する。

どんな状況だよ。ホラーだろ。悪霊がついてるって思われるだろって思うよね。私も思った。

でもなにしろ私お嬢様だから、いつも誰かしら傍にいるのよ。

だから誰もいない天井見ながら話したりしないよ。表情豊かにメイドに話しかけて、嬉しそうに楽しそうに手足をバタバタさせる。メイドの言葉を聞いて、ちゃんとそれに答えて単語を羅列するんだから、御乱心《ごらんしん》とは思われないのよ。

元気な赤ん坊だったし、寝返りをするのも早かったので、ベッドからおろしてもらえるようになるのも早かった。

嬉しかったよ。世界が少しだけでも広がったんだから。抱っこしてお庭に連れて行ってもらえるようになったしね。

床におろしてもらえればこっちのものよ。

その日のうちにハイハイしたよ。それも高速ハイハイ。動けるって素晴らしい！

部屋が広いから運動のし甲斐《がい》があるのよ。摩擦《まさつ》で膝がすりむけたら、精霊に回復してもらってたハイハイ。浮かれてたね。寝てるのに飽き飽きしてたのよ。

柵を蹴っていたおかげで赤ん坊にしては筋肉がついていたから、ここからは早かった。

ハイハイ三日目でつかまり立ちに挑戦。すぐ成功。

ならばと立ったり座ったり転がったり。動き回ってもっと筋肉つけて、生後半年過ぎた頃には歩き出していた。

最初に歩けた夜にはひとりで泣いたよ。嬉しくて。

◆

おかげさまで一歳になる頃には、舌っ足らずだしまだまだ助詞とか言葉の順番とかおかしいけど、ちゃんと会話が成立するようになって、手を引かれれば自分で歩いて屋敷の中を移動出来るようになっていた。

早すぎたね。異常だったね。

我慢出来なかったんだもん。

でもおかげでまずいことになってしまった。

「まだ一歳なのに、もうお話出来るんですよ。お嬢様は天才かもしれません！」

「おお。私の天使は可愛いだけではなく才能もあるのか！」

「この年齢でここまでしっかりお歩きになれる方はいませんよ」

「そうね。クリスもアランもこんなに早くはなかったわね」

「精霊もすでに二属性も。ディアドラ様は特別なお嬢様なのですわ」

「今度のお茶会で陛下にそれとなくお話してみようかしら」

「第一皇子がクリスと同じで今年六歳。第二皇子が二歳だったかな」

やばい。皇族に娘を嫁がせられるほど、うちって身分が高かったのか。

皇家に嫁ぐなんて無理。

しきたりや作法を学ばなくてはならないし、社交界の顔になるのは皇族の女性達だ。茶会や夜会はただの娯楽じゃない。現代日本でも政治家が料亭に行くでしょ。そういうところで歴史は動いたりするんだ。

無理。歴史動かしたくない。絶対失言とかしちゃう。

窮屈《きゅうくつ》なドレス着て大勢の前に立つ緊張に耐えて、裏を読みながらそれでいてスマートに会話する。

拷問でしょ、それは。何か策を考えなくては。

チートスキルとラジオ体操

二歳になった時、とんでもないことに気付いてしまった。

この世界、ＴＶもネットもないのよ。今更だけど。

だから余暇に何をするのかっていうのが大問題なのよ。

チェスはあった。本もある。印刷ではなくて誰かが描いた物を魔法で転写するらしい。もちろん勝手に転写は出来ないように保護魔法がかかっている。紙が高いから貴族の読む本は贅沢品で、平民が読む本は、黄ばんだ荒い紙を使った雑誌に近いつくりの本だ。

日が昇っている間は働いて、暗くなったら仲間と飲みに繰り出して、酔ってさっさと寝てしまう。そして翌日もまた早朝から起きて働くのが平民の毎日だ。

貴族の場合、労働の代わりに自分を磨くために時間を使ったり、茶会や夜会、舞踏会なんかに参加する。大人はね。

あとはほら、家族持ちなら夜はいろんな過ごし方があるじゃない。ねえ。

二歳児に何を言わせるのよ。

で、二歳児は、夕食食べて、ちょっと本を読んでもらったら、もう寝なさいって言われちゃうんだよ。昼寝してるから眠くないのに。

それでベッドでごろごろ、ぐだぐだ。

精霊に魔力をあげながら、捕まえようと手を伸ばしては逃げられるを繰り返して暇つぶし。本気で捕まえる気はないんだ。掴《つか》んじゃいそうになったら追うのをやめるから、相手もそれはわかってるみたいで速度を変えて飛んでくれたりする。

「あれ？」

その日もなかなか寝られなくて精霊と遊んで、仰向けに寝っ転がりながら空中に手を伸ばしてた。

そしたら不意に、何か光ったのよ。

ピって音もして、昔見たSF映画みたいに空中に、文字が並んだ透明な板みたいなものが表れた。もっとわかりやすく言うと、タブレットの画面部分だけが空中に浮かんでいる感じ。

「うわ。懐かしい。日本語だ」

そう。そこには日本語で、「あ」から順番に文字が並んでいた。

試しに「アゼリア帝国」って入れてみたら、出てきたよ。ずらーっと。

建国について。それ以降の歴史。産業。芸術。歴代の皇帝について。貴族についてもリンクで飛べるようになっている。ああこれウィ〇ペディアだ。

チートか。チートスキルか。最強型主人公の異世界転生か！

戦わないけどな！　内政もしないけどな！

だっておかしいでしょう。なんでこんなものを持たせて転生させるの？

この世界のことはこの世界の人達にまかせて発展させようよ。

それとも何？　実は地球の偉人達も異世界転生者だったの？　そうやって世界は回ってるの？

でも私は平穏に健康に生きて、素敵な旦那さんと巡り会って結婚したい。

今回はな！　前回は恋愛すらまともにしなかったからな！　二次元が恋人だったからな！

泣いてないからな!!

画面の向こうには行けなかったけど、異世界転生して、周りに格好いい人がたくさんいるんだから、誰かひとり確保すればいいのさ。

石投げて当たったら、その人をくれるとかそういうスキルない？

ウィキ〇ディアよりそっちがいい。ひとりでいいのよ。ひとりで。

わかってるよ。向こうにだって選ぶ権利はあるよ。くそーー!!

ともかく今回は恋愛がしたいんだ。ドラマや物語で見るのではなくて、自分で経験したい。

家族に祝福してもらって、結婚して子供産んで、両親に孫を見せて喜んでもらいたい。

そして長生きしたい。穏やかな老後を送りたい。

そういう平穏な暮らしがしたいんだ。

チートを使って戦ってる場合じゃないのよ。

幸せな結婚とか穏やかな老後とか、なにげにハードル高いんだからね。

でもまあもらえるモノはありがたくもらっておくわよ。

暇つぶしに読むものが出来たし、使う機会のなさそうな日本語もこれを読んでいれば忘れないでいられるでしょう。

そうしてアゼリア帝国について調べて驚いた。

現在、国を治めているのは女帝エーフェニア。御年《おんとし》二十八歳。

先帝がなくなった時、エーフェニア様は十七歳。弟君に至ってはまだ五歳。

普通なら誰か後見人をつけて弟が皇位につくんだろうけど、アゼリア帝国は女性の地位が比較的高くて、過去にも三人ほど女帝が国を治めた歴史があった。

しかもエーフェニア様は非常に優秀な方で、皇帝継承で国内がごたついている隙に国境線を広げてやろうという諸外国の動きに気付き、自ら女帝に立つと宣言し、古い考えの者は排除し、強力なリーダーシップを発揮して国をまとめあげた。

そんな彼女の右腕になったのが、旦那であり元侯爵家次男だったマクシミリアン将軍だ。

我が国唯一の将軍は、女帝と熱愛の末に結ばれた美丈夫だ。

愛する女帝のために国軍の総帥となり、国境に攻め入った他国を全て返り討ちにしていき、むしろ国境を広げてしまった偉大な武人だ。

女帝が身籠《みごも》り動けない間だけ、代わりに玉座に座ることもあり政治の手腕もなかなかだと評価されていても、あくまでも自分は国を守るのが役目と、普段は政治に一切口を挟まない。

ウィキくんにはさ、写真も載ってるのよ。誰がどんな方法で写したのか教えてくださりやがれなんだけど、これがまたいい男でね、ともかくでかい。女帝と並んだ写真なんて、女帝の頭のてっぺんが将軍の胸くらいまでしかない。

海外の格闘家とか軍人の筋肉ってすごいじゃない。二の腕の太さが女性の太腿ぐらいあるやつ。

あんな感じでごつくて、顔も整っているけど強面で、だけど女帝にぞっこんめろめろらしい。

女帝の方は見事な赤毛の気の強そうな美人で、もしかしてツンデレ？

なにそれ理想のカップルじゃない。薄い本が三冊は書けるわ。

でも私、あんまり筋肉ありすぎるのは苦手なんですけどね。細身マッチョがいいよ。

どうもまだ感覚が日本人だから、東洋人が周囲にひとりもいないのが寂しい。さらっとしょうゆ顔を拝みたいよ。

まあ二歳児なんで、どんないい男がいても気付いてもらえるわけもないんだけどね。

ともかくおかげで我が国は今のところ安泰。

ちょっとでも不穏なことをすると、女帝が政治的に、将軍が物理的に、その国を潰しにかかるので、みんな平和に貿易しようぜってことで戦争吹っ掛けてくる国はなさそうだ。

ついでに我がベリサリオ辺境伯についても調べてみた。

辺境伯って異国と接している場所を治めている分、広大な領地と軍を持つことを許されているらしく、国境守備の要だから立場も強いんだって。

しかもうちは辺境伯って言っても、辺境じゃないのよ。

西と南は海なので、まず海軍を持っている。大きな港も持っている。

南には大きな島国ルフタネンがあり、西は海峡を挟んでシュタルク王国があるから、戦争が始まったら最前線だけど、今は貿易の最前線。

しかも年間を通して温暖な気候だから、夏には避暑地になり国中から人が集まる。つまり社交場がここに移行する。

そりゃ皇族だって大切に扱うわけだ。

そしてベリサリオ領はお茶の一大産地でもある。

日本茶じゃないよ？　紅茶ね。

でも紅茶とお茶の差が発酵度合いの差だってことは私だって知っている。

いいよね、日本茶もほうじ茶も。そして抹茶！

海の幸だって豊富だよ。ブイヤベース最高！

……話を戻そう。

皇宮での仕事や社交もあるのに、広大な領地をうちだけでは治めきれないでしょ？　侯爵以上は爵位の申請を出来るから、いくつかの伯爵や下位貴族に土地を分け、街には領主を置いて管理をしている。

つまり皇族が本社の経営一族で、うち支社長みたいなものだね。しかも大都会のでかい支社を切り盛りしているから、経営陣も一目置いて大切にしている。ただし妙なことをすれば当然クビにされる。

そうなると、うちの領地内にいる貴族達にとってはベリサリオ家が直属の主君なのよ。うちの屋敷はほとんど城と言って問題ない規模だったしね。

いやあ、図面を見てぶっ飛んだね。

敵に攻められた時に、港から城まで直接侵入できないように、ぐるりと丘を回る緩い坂道になっていて、そこに城壁がある。

その中が貴族の屋敷街で、さらにもう一つ城壁があって、その中に広大な敷地をもつ城が建っている。敷地の中には建物がいくつもあって、城や私達を守るための騎士団の寄宿舎や練兵場。馬場もあるし、馬車を停めておくスペースだけでもかなりの面積があった。

主だった貴族が、自分のうちの子供を皇族の側近や侍女にしたがるように、うちもお兄様達の元に貴族の子供達がいつも顔を出している。

さすがに私はまだ二歳なんで、たぶんあと二年ぐらいは平和に生きられると思うの。

でも十歳になると冬場は皇都近郊の学園に行かないといけないみたいだから、そうすると面倒事が増えそうね。それまでに腕力はつけておいたほうがいいかもしれない。

◆

月日は流れ三歳になりました。

私、絶賛ベリサリオ家の問題児ディアドラです。

だいたいディアドラって名前からして悪役でしょう。いいけども。

べつに名前が悪役だからってメイドをいびったりしないわよ。ダナもシンシアも明るくてかわいい子なんだから、長く傍にいてほしいのにいじめたりしない。

問題は、普通のお嬢様って行動範囲狭いのよ。これが男の子だったらここまで心配されないんだろうけど、上が男ふたりだったから、女の子に対する夢と希望が膨らんでたのね。

それをものの見事に粉砕してやったわ。はっはっはっ……はあ。

廊下は駆けてはいけないと言われたので、ちゃんとお外で走ってますよ。

それもどこなら転ばないで安全に全力疾走出来るか考えて、中庭を越えた先に騎士の訓練施設があるのを発見して、広い野外の訓練場の隅を借りることにした。

お兄様達だってそこで剣の練習をしているんだから、走るくらいはいいじゃんね。

ただ私が移動すると、メイドか執事がひとり以上。護衛がふたり以上。洩れなくついてくる。

執事って言ったって、お父様の執事長の孫でまだ十一歳のレックスって子なんだけどね。お兄様達の執事はある程度経験を積んだ十代後半の子達なのに、そこは女の子。将来仕事をするわけでもないしメイドを多くつけているから、男手が必要な時もあるだろう的な感覚でつけられている。ちゃんと教育はされている途中みたいだけど。

気の毒だよね。十一歳の男の子が三歳の女の子のお守りなんてさせられて。たぶんアランお兄様あたりの執事になりたいんだと思うのよ。そのほうが将来的にも遣り甲斐があるでしょう？　なのに嫌な顔をせず、それは丁寧に扱ってくれるし、私の考えをちゃんと聞いてくれる。いいやつなんだよ。

城内なのに護衛がふたりもつくなんて大袈裟なんだけど、これはたぶん、私があまり無茶なことをした場合、ひとりが抱えて強制運搬しなくてはいけないから、もうひとり、両手の塞がっていない護衛が必要なんだと思う。

ごめんよ。いちおう城内にどんなところがあるか見たかったんだよ。動けるようになったもんだから、三歳児なのつい忘れちゃうんだよ。

気が付いたら溝にはまってたとか、滑って転んで芝生の上をスライディングしたとか、擦り傷切り傷当たり前だからね。そのたびにお母様やメイドたちが悲鳴を上げて大騒ぎになっちゃう。

そんな騒がなくても、水の精霊が回復魔法をかけてくれるのに。

今日もダナとレックスと護衛をふたり連れて、日課の訓練場に行く。

ちゃんと怪我をしないように準備運動だってするよ。

といっても、どんな運動がいいかよくわからない。

体育の授業ってさ、子供に運動を好きになってもらわなくちゃいけないいんじゃないの？　こういう運動を続ければ、大人になっても成人病にならないで済むよって毎日自宅で出来る運動を教えればいいのに、なんで運動嫌いになるような教え方をするかね。私？　大っ嫌いだったよ。

でも今はもう、大人になってから運動を始める大変さは身に染みている。運動の大切さもわかっている。それで寿命を縮めたようなものだから。

今度の人生では、子供のうちから毎日運動するのを日課にして、筋肉も持久力もつけて、大人になっても体を動かすのが苦にならないようにするんだ。

で、なんの話だっけ。ああ、準備運動。

そこは日本国民なら誰でも知っているあの運動ですよ。ラジオ体操第一。

これなら体育の前にさんざんやらされたから覚えている。

伸ばす時は思いっきり伸ばして、膝を曲げる時だって角度や膝の向きもちゃんとすると、考えつくされた体操だから、体中の筋肉がほぐされるし汗もかくのよ、これが。

「ディアドラ様、いつもしている体操はなんですか？」

訓練場を使わせてもらうようになって一か月くらいして、騎士のひとりに尋ねられた。

「準備運動」

「ほお。初めて見る運動ですが、ご自分でお考えになられたのですか？」

「……なんとなく？」

「一緒にやらせていただいてもいいですか？」

「へ？」

なんでなんでなんで？　そんな気になるような動きしてた？

あ、もしかしてダナが目当てか。かわいいもんね。

騎士の中にも女の子はいるんだよ？

でも騎士になろうって子達だから、体はでかいし髪はバッサリと短い。

そこにメイド服を着た可愛い女の子が来るんだから、お近づきになりたいわけだ。

そうだろ、わかってるぞ！

「その体操、非常に理にかなっていると思われます」

「そうなの？」

「はい。ぜひともご教授ください」

あ、真面目だった。ごめん。二歳児なのに心が汚れてた。

「だいいちたいそう！　いち、に。次は手をこう」

難しい言葉は使っちゃまずいから、まだあまり話したくないんだよね。

だからやってみせて覚えてもらう。

「だめ、足。ちがう」

やるならちゃんとやれよ。伸ばすところは体全体を伸ばす。

しっかしさすが騎士団、体格のいい奴しかいないね。でかいわ。

平均身長百八十くらいあるんじゃないの？　なにそれこわい。

「これは、なかなか」

「え？　そういう体操だったのか？」

どうも三歳児がやると、手足が短いせいかよく動きがわからなかったらしくて、大人がやってるのを見て興味を持った騎士が集まってきた。

おかしいなあ。この世界の子供は日本人より成長が早いんだけどなあ。

単に人種の問題かもしれないけど、日本人だと五歳児くらいにはなっていると思うんだ。

あ、五歳児ってまだ幼稚園生か。そりゃしょうがないわ。どんなに真面目にやっても、大人がやるのとは見た目が違うわ。

「体が熱くなってきたな。冬は特に訓練の前にこれをやるといいんじゃないか？」

「誰か、ディアドラ様に教わってマスターしろよ」

待って？　え？　これを騎士団で採用するの？

つまり私、異世界転生して最初に伝授したのがラジオ体操？

いやーーーー!!　それはいやーーー!!

守ってあげたい系野生児

この世界にも、誕生日にはパーティーを開いてプレゼントを贈る風習がある。

うちは高位貴族だから、子供達の誕生日にも盛大なお祝いをする。

私も今年の誕生日から、お兄様達のようにお祝いをするらしい。

今までは身内中心で、大人だけ招待していたのよ。

三歳児だとまだ何時間も客の相手は出来ないでしょ。子供同士で遊ばせるにしても、ちょっとまだ不安のある年だよね。

ただこの世界は現代日本に比べて寿命が短いからか、大人になるのが早いみたい。

四歳児の私で小学低学年くらいの体格。

アランお兄様は六歳だけどかなり大きくて、身長がクリスお兄様とあまり変わらない。九歳のクリスお兄様は見た感じが中学はいったばかりくらい。東洋人は見た目が幼いもんね。

この国の教育機関は皇都近郊に集められていて、十歳から初等教育課程に通い、十五から高等教育課程に通う。

平民でも裕福な家の子供は学校に通えるけど、それは初等教育課程まで。十五からは親の仕事を手伝い、技術や商売を覚える子がほとんどだ。

そして、貴族の場合は十五から結婚相手をめぐるバトルが始まる。

十五になるまでは、親が勝手に結婚相手を決めるのは認められてないのよ。水面下では約束を交わしている家もあるんだろうけど、恋愛結婚する人もかなりいるらしい。

十五以下じゃその子が将来有望かどうかなんてわからないじゃん。いい制度だと思うよ。

高等教育課程に通いながら自分で伴侶を探す人も多くて、卒業と同時に結婚するのがご令嬢としては一般的。ほとんどが十五で婚約しているらしい。

私は誰と結婚するのかな。恋愛したいな。

誕生日会を四日後に控えた朝、私はお父様からいただいた鏡台の前に座っていた。

四歳児の誕生日プレゼントが鏡台ってどうなの？　そりゃ、鏡は贅沢品よ？　特に曇りのない大きな鏡はね。

でもね、楕円形の鏡をぐるりと取り囲む装飾に小さい灯りがついていて、貴金属や化粧品を入れる引き出しまでついている鏡台なの。四歳児にいらないだろ、そんな物！

ありがとうございます。嬉しいですって言ったけどさ。くれるの十年後でもよかったよ。

ただおかげで私は、生まれて初めてまともに自分の顔を見ました。

少しは見てたのよ、廊下に鏡が置いてあるし、壁が鏡になっている場所もあるから。

でも四歳にさえなっていなかった子供が、廊下の鏡の前で立ち止まったりはしないでしょ。遠くからちらっと見て、金髪でお母様にちょっとは似た感じ？　って思ってたくらい。

可愛いって言われても、そりゃあお嬢様にそれ以外にどう言えっていうのよねって聞き流してた。

そうしてようやくまじまじと見た自分の顔がやばかった。

あの親と兄達の家族なんだから、かわいくないわけがないわ。

胸のあたりまでの長さがある髪はお父様と同じシルバーに近いブロンドで、光が当たると後光がさしているみたいにきらきらする。

お母様に似た形のいい眉と、ちょっと小ぶりな鼻。目は子猫のように大きくて目尻がちょっと下がっているせいか愛嬌がある親しみやすい感じがする。瞳の色は紫で、マッチが五本くらい乗ってしまいそうなばさばさの睫のせいもあってお人形さんみたいだ。

お母様が凛とした高嶺の花風の美人なのに対して、私は守りたくなる系の可憐なお嬢様風。見た目だけは。

守りたくなる雰囲気の野生児。

子猫みたいに目がクリクリな美幼女。中身アラサー。たまに魔力切れで気持ち悪くて嘔吐《えず》いてる。

……見た目詐欺だな。

いやちょっと待て。

レックスが女の子の子守でも真面目にやってくれてたのって、早く一人前の執事になりたいからだよね。美幼女の相手が出来るからじゃないよね。信じていいよね。

護衛がふたりもついてたのも運搬用だよね。美幼女誘拐の危険があったとかじゃないよね。

そういえばつい最近、執事がもうひとり増えたのよ。今年二十二のブラッドっていうやつ。おまえ絶対堅気《かたぎ》じゃないだろうって感じの目つきの鋭いやつ。

家族以外と接する機会が増えるから、守りを固めたんだろうか。

日本人だった頃は、普通過ぎて目立たない一般人だった。

会社は制服があったから余計に個性が埋没して、なかなか名前を覚えてもらえなかった。

それが突然、この可憐なお嬢様があなたですよ！　って言われても、全く実感がわかない。

鏡なんて朝しか見ないから、まあどうでもいいんだけどさ。

家族が時々、残念そうな顔をしている理由が今日わかったよ。

シンシアに髪を後ろで三つ編みにしてもらって、動きやすい服を着て今日も訓練場に向かう。

午前中は家庭教師が来て様々な講義を受け、魔法や作法を学ぶため、自由に動けるのは午後からになったのだ。

私が走る時はね、護衛も一緒に走るのよ。なぜかブラッドも一緒に走ってた。おまえやっぱり、ただの執事じゃないだろう。

騎士が訓練しているのを眺めながら、広い訓練場を五周は走る。

いい眺めですよ。逞《たくま》しい男達が汗をかきながら訓練に励むのは。

イケメンもたくさんいるからね。目の保養をしつつ体力もつく。素晴らしい。

ごつい男達の肩にふよふよと丸い光が飛んでいるのも可愛いよね。

精霊には剣精と魔精と二種類いるんだって。

たいていみんながつけているのが魔精。私もふたつくっついてる。

たぶんみんなは意識して魔力《えさ》をあげていないんだろうね。だから直径四センチくらいしかない。

私のなんて倍はあるのに。

なんでディアドラの精霊だけ大きいのかなってクリスお兄様に聞かれたから、魔力をあげるんだよって教えてあげたら家族がびっくりしてた。知らなかったらしい。

まずは家族で試して、本当に大きく強くなるようなら領地の貴族や騎士達にも教えるんだって。

そういう情報は社交で役に立つから、あなたは黙っててねって言われた。

目立ちたくないから喜んで黙ってるよ。

でももうクリスお兄様の精霊も大きくなってきたから、そろそろ城にいる騎士達には教えていいんじゃないかな。彼らが強くなるのは悪いことじゃないよね。

うちの家族では、アランお兄様だけがまだ精霊がいない。

それを気にしているせいか、それとも思春期か、最近アランお兄様は私を避けている。

クリスお兄様はたぶんＩＱが高い。

私みたいに前世の記憶があって賢いと言われるのとは違って、素の頭がいいんだと思う。

記憶力も高いし頭の回転も速い。そのせいで子供達からはちょっと浮いてしまっているらしい。

学園で主席を取るだろうと言われている天才の長男と、我が道を突き進む変わり者の妹に挟まれた次男。本当に気の毒だわ。

アランお兄様だって充分に賢いし、剣の才能はクリスお兄様より間違いなく上なんだけど、比較される兄妹が濃すぎた。だから私のこと嫌いかもなあ。

私は、真っ直ぐでおおらかなアランお兄様が大好きなんだけどな。

そんなことを考えながら、騎士に剣を教えてもらっているお兄様達を眺めてた。走りながらね。でかい護衛ふたりと執事に囲まれながらね。

そしたら、剣を振り切った時にかすかにアランお兄様の手がほわって、緑色に輝いた。

見間違いかと足を止めてまじまじと眺めていたら、もう一度輝いた。間違いない。

「お疲れですか？」

「ディアドラ様？」

「教えなくちゃ」

「え？」

そこから全速力よ。意味もなくクラウチングスタートしちゃったわよ。

いくら四歳児でも、ちゃんとフォームを調べて練習していたから速いよ。護衛達が大慌てでした。

訓練していた騎士達も何事かと注目してた。

でも、あんた達は訓練しなさいよ。それが仕事だろう。幼女にかまうな。

「ディアドラ？」

男を三人背後に引き連れて、綺麗なフォームで全力疾走で向かってくる四歳児に驚いて、いつもは落ち着き払っているクリスお兄様もさすがに目を丸くしてる。

アランお兄様の方は最近苦手な私が近づいてきたせいか、剣を振るのをやめて休憩に入るために歩き出そうとしていた。けど、逃がさない。

「アランお兄様!!」

「え？　僕？」

まさか自分に用事があるとは思っていなかったようだ。

「もう……練習……やめちゃうんですか？」

さすがに全力疾走したあとはきつい、がしっとアランお兄様の腕を掴んだまま、上体を折ってはあはあしてしまって言葉が続かない。

「大丈夫？」

「練習見たいです！」

「もう今日は……」

「アランお兄様格好いいのに！」

ずるいアラサー女子は、美幼女のルックスをここで使うぞ。

紫の瞳をウルウルさせて眉尻を下げて見上げる。

ただし汗だく。はあはあ言っちゃってる。

「お兄様、強いし格好いいからもうちょっと見たいです」

「それは……ディアドラがそう言うなら」

「わーい」

え？　僕は？　って聞いてくるクリスお兄様はちょっと待ってて。

さんざん女の子達に素敵って言われてるの知ってるぞ。

いまさら妹にまで褒めてもらわなくてもいいだろう。寂しそうな顔をしないで。

注目を集めてしまったせいで少し緊張して、でもその分さっきよりも集中してアランお兄様は剣を構えた。

そうしてまた剣を振り切って、

「光ったあああああ!!」

手元がまた緑色に輝くのを見た私は叫びながら、驚いて硬直しているアランお兄様の手を掴んだ。

「剣精だよ、風の剣精！　アランお兄様はやっぱり剣の才能があるんですわ！」

いまさらなお嬢様言葉だけど、周囲が驚きに静まり返っているからたぶんみんなわかってない。

大丈夫。

「剣精？　本当に？」

やっぱりひとりだけ精霊がいないの気にしてたんだね。

期待に目を輝かせて、でも不安そうな顔で私を見ているアランお兄様の可愛いこと!!　全力で抱きしめてあげたい!!

「本当です！　魔力を手にぼわっと、魔道具使う時みたいにやってみてください」

「こう？」

アランお兄様が剣を鞘に戻し、両手を胸の前で掌を上にして魔力を集めると、手首あたりまで緑色の光に包まれた。

これが剣精。

成長させると体全部を包んで防御力を高めながら、武器に属性も持たせてくれる優れもの。ただし餌はやっぱり魔力。剣を使うからと魔力を増やす訓練をおろそかにすると強くなれない。

魔精でも身体強化の魔法を覚えることは出来るらしいんだけど、剣精は数が増えると防御が重ねられて、だいぶ強くなるらしいのよ。ウィキちゃん情報ね。

「よく気が付いたね」

「光ってたから」

クリスお兄様に聞かれて首を傾げる。注目していたら、誰だって気付いたんじゃないかな。

「あの、私に精霊がいるの見えますか？」

お兄様達に剣を教えていた中年の騎士に聞かれた。

「うん。騎士様も剣精ですよね。黄色いから土？」

「おお。以前に魔道士にそう聞いたんですが、自分では見えなくて」

「アランお兄様みたいに掌《てのひら》に魔力ですわよ」

「ディアドラ」

「あの、うちの隊に他に剣精を持つ者はいますか？　最近、精霊を持たない者が多くて」

「そんなことはないですわ。ほとんどの方が……」

「ディアドラ。アランに剣精がいたことをお父上にご報告に行こうか」

「……はい」

え？　今の言っちゃ駄目だった？

餌をあげないからだよとは言わなかったよ？

「隊長。日を改めて全員の精霊の状況を調査しましょう」

「おお、そうしていただけますか！」

「はい。騎士達が強くなるのは我々にとっても嬉しいことですから。ただディアドラはまだ四歳なので、一度には無理だと思います。そのあたりも含めて、改めて父も交えて相談させてください」

うわ。九歳の男の子の台詞とは思えない。

しかも余裕の笑みと、これ以上ここでは話せないよという圧力付き。

「ディアドラを連れていって」

いつもの癖なのかクリスお兄様が自分の護衛のひとりに命じて、彼が私に近付こうとした途端、ブラッドが彼と私の間を遮《さえぎ》るように動いた。

「それは私共の仕事です。クリス様の護衛であっても、ディアドラ様に許可なく触れないでいただきたい」

え？　ええ？　そこまで気にするところなの⁉

あ、私の護衛達が当然だという顔で頷いている。

「そうだな、すまない。きみに言うべきだったな」

ちょっと睨み合いになったけど、そこで譲るクリスお兄様はさすがなんだろう。ただ、悪い笑顔になっている。

ああこの人、誰にでも優しい微笑みを向けながら、腹の中で計算するタイプか。

「アランもディアドラも一緒に来てくれるね」

「はい」

「わかりましたわ。じゃあブラッド、連れていってくださる？」

抱っこしてーと手を伸ばしたら、ブラッドが驚いた顔になり、目を逸らしながらごほんと咳をした。

「承知しました」

「ちょっと待って。やっぱり僕が連れていこうかな」

今度はブラッドと私の間にクリスお兄様が割って入ってきた。

「お兄様が？」

「おんぶしてあげる」

「はい」

先程までとは違って、いつもの優しい眼差しになったクリスお兄様にほっとして抱きついたら、嬉しそうに頭を撫でられた。

家族なのに、いつも優しいのは計算だったら寂しいよ。

「距離がかなりありますから無理はなさらないでください」

私の頭を撫でているクリスお兄様をじと目で見て、ブラッドがさりげなく私の肩に手を置いた。

まあ私もおんぶは無理だと思うけどどね。

でもなんでみんな、そんな真顔になってるかな。アランお兄様が不思議そうにしているだろう。

「大事な妹に変なこと考えてないよね」

「なんですかそれは。子供にいつも怖がられて、懐かれたことがないから驚いただけです」

「ならいいけど。ディアドラを頼むよ」

「お任せください」

どうでもいいけど、おまえら、私を見る時だけ優しい顔になるのやめろ。

どうしてみんな幼女に優しいんだ。

今の怪しい会話はなんなんだ。

「あれ？　ディアドラ。精霊が増えてるよ」

アランお兄様に言われて振り返り、ふわふわと浮かぶ緑色の光に気付いた。

「僕と同じ風の精霊だね」

「アランお兄様の精霊とお知り合いなのかしら」

「だったら一緒に屋敷に行っても寂しくないね」

アランお兄様は私の癒しだ。クリスお兄様は早めに味方にしないと。


うちの領地の気候は、現代日本の関東よりは暖かく沖縄よりは涼しい感じ。

国内には冬に大雪になる地域や、もっと暑い地域もある。

国が大きいっていうのもあるけど、高度差がすごいのよ。北部の辺境地帯は広大な北の大地で本当に辺境らしい。

一年はこちらと同じ十二か月で、十一月から二月が冬の社交界の時期。ほとんどの上流貴族は皇都に集まり、十歳以上の子供達は学校に通い全寮制の寮で過ごす。

三月から六月の春の時期と九月から十月の秋の時期は、一部の上流貴族以外は、平日は領地で過ごし週末だけ転送陣で皇都に戻る。

週末に開かれる会議で一週間分の議題が話し合われ、その結果を踏まえて文官や官僚達がまた一週間働くわけだ。文官や騎士は貴族の跡継ぎになれない者達の中から選ばれた優秀な人達だから、彼らは領地に帰る必要がないの。

そして残りの二か月の夏は、貴族達にとっては夏の社交の時期だ。

皇都でもたくさんの夜会が開催され、お金を持っている人ほど長く避暑地に旅行する。そこの領主に招待されたり、ホテルや自分の別荘に泊まったり、だいたい同じ派閥の人達は同じ避暑地に移動するわけよ。

これがね、うちみたいな避暑地になる地域にとっては重要なのよ。

人がたくさん来てくれれば収入が増えるし、それだけうちには人を集める力がありますよーってアピールにもなる。

あと重要なのが、皇族がどこに行くかよね、やっぱり。

今年はヨハネス侯爵領に行くんじゃないかって噂があるんだって。

そこに私の精霊発言ですよ。

魔力が餌だよとか、育つと強い魔法を覚えられるよ、ってやつね。

それに今回、他の人には見えない弱い精霊も見えるよ、が加わった。

私の誕生日は三月終わり。夏の民族大移動の時期まで三か月ちょっと。

その間に領地の人達の精霊を育てれば、避暑に来た人達が驚くでしょ?

彼らにそっと情報をあげれば感謝される。

そして冬にクリスお兄様が、でかい精霊を全属性ふわふわさせて学校に入学してみなさいな。うちと親しくしたいって人が増えて、来年の夏には観光客が増えて、領民も喜ぶ。

本当にそんなうまくいくかわからないけどね。

精霊頼みだけじゃ駄目だと思うよ。観光地として何か考えないと。

でもやれることからコツコツとですよ。

天才とアホの子は紙一重

訓練場から戻ってすぐ、湯浴みをさせられてドレスを着替えさせられた。

両親でも辺境伯夫妻だから、きちんとした服装で会わなくちゃいけないのよ。

うちは家族だけになったらくだけたりもするんだけど、上流貴族ほど家族関係は希薄だと思う。

子供を育てるのは乳母や侍女だし、両親とは季節によっては一か月くらい会わないのなんて当たり前だもん。

今もクリスお兄様の執事が私の部屋に来て、私の執事のブラッドと会話して、そして彼がお茶を飲んでいた私の元に用事を伝えに来るんだよ。

「辺境伯様との会合は夕刻になるそうです。夜会に出席なされるそうなのでそれまでの短い時間ですが、クリス様は要点だけでも早めに情報共有しておきたいとおっしゃっているそうです」

直接言えばいいじゃんねって思うけど、この無駄が貴族っぽい気もする。

でもちょっと格好良くない？

黒い執事服を着たブラッドが姿勢正しく私の横に立って、恭《うやうや》しく上体を屈めて用件を伝えてくれるの。お嬢様って感じするじゃない。現代日本に執事喫茶があった理由がよくわかるわ。

「はい。わかりました」

言いながら飲み終えたカップを差し出すと、レックスがすっとトレイで受け止めて片付けてくれる。至れり尽くせり。

ただこのご令嬢モードは長くは続けられない。

私の答えをブラッドに聞いてクリスお兄様の執事が帰って、ばたんと扉が閉まって身内だけになるとすぐ、足を座面に乗せて肘掛けにでれっと寄り掛かった。

「お嬢様、よろしければ少しお時間をいただけませんか？」

「なに？」

だらけた体勢のまま目線だけあげて答える。

レックスが侍女達を下がらせたので三人だけになった。

「クリス様からご家族とお話する前に、お嬢様に伝えておいてほしいと申し付けられたことがありまして」

「話長いの？　お茶どうぞ？」

居心地よく座れるように背凭《もた》れに立てかけてあったクッションを自分で並べ替えていると、自分達の分のお茶を用意したブラッドとレックスが、テーブルの向こう側に並んで座った。

ブラッドは美形揃いな私の周りでは、ちょっといい感じじゃない？　程度の普通の顔面偏差値をしている。

けっして悪くはないんだよ。上背《うわぜい》あるし体格いいし格好いい。ただ美形ではない。

イケメンは遠くから観賞する生き物なんだよ。私にはまぶしすぎる。

ふたりのお兄様は子供だから、アラサーには見た目が幼すぎるせいで美形でも平気だけど、いまだにお父様に会うと緊張するもん。

だから彼は、強面《こわもて》だけど傍にいてほっとする。

堅気に見えない強面男で執事。大好物のお嬢さんいるだろ。

私？　大好きです。

レックスはまだ十二歳だからね。見た目は日本人の中三くらい？

茶色の髪をきっちり後ろに撫でつけた明るい男の子。

彼も美形ではないな。でもアイドルグループで踊っていても違和感はない。

もうずっと執事服姿ばかり見ているから、他の服装が想像出来ないけど。

そのふたりが私の専属ですよ。ありがたやありがたや。

私前世で、なんか徳を積んだっけ？

オタクの神様とか薄い本の神様とかいるのかな。

そんなことを考えながらふたりを眺めていたら、ふたりの執事はちらっと顔を見合わせた後、姿勢を正して私を見た。

「では、クリス様からの伝言です」

「どうぞ」

「どうせ僕達も子供らしさと無縁だから両親も慣れているし、会話しやすさを優先させてほしいから、無理に四歳児っぽくしないで、だそうです」

え？

えーーーーー！

どういうこと⁉

もう転生者ってばれた⁉　たった四年で⁇

いや、落ち着け。

これはあれだ。私のことも自分と同じ神童だと思っているってことだ。

天才だと思われているんだ私。

そうよ。それ以外考えられない。

「ディアドラ様？　大丈夫ですか？」

「この場も我々ふたりしかいませんから、無理なさらないでください」

「あの……ふたりもそう思うの？」

「はい」

「ぜんぜん子供らしさないですしね」

「…………まじ？」

ブラッドがにこやかに頷き、レックスなんて今更何言ってるのって顔をしている。

私頑張ったよ？　精神力がりがり削られながら、子供っぽい喋り方してたよ？

「ゼロ歳で魔道具の玩具を自分で動かし、単語をずっと羅列している子供。普通じゃないですよね」

それかーーーーー!!

生まれた時からやらかしてたかーー!!

だって暇だったんだよ。言葉を覚えたかったんだよーー!!

「私もレックスからお嬢様の話をいろいろ聞いて驚きました」

「気持ち悪くないの？」

「むしろ普通の子供の相手をさせられるより、大人と同じ対応をすれば済む方がありがたいです」

ぶっちゃけやがったな。

ガキの世話が嫌ならなんでこの仕事引き受けたのさ。

家族みんながうちに仕えているレックスと違って、ブラッドは他の仕事だって選べただろ。

「そういえば、訓練場でクリスお兄様と空気が悪くなってたのに、あのあと話をしたのね」

「ほお。四歳児が、空気が悪くなるって言いますか」

「この方、私より難しい言葉知っていますよ」

「話しにくくなるからやめて。元に戻すわよ」

「いえ、今のままでお願いします」

「元もこんなもんじゃ……」

「レックス」

こいつのこの馴れ馴れしさはなんだ。

いままでは壊れ物でも扱うみたいに大切に扱ってくれてたのに。

走ってるからか？　吐いてたからか？

「クリス様は私が元冒険者で平民なので、警戒していらしたようです」

「冒険者⁉　なのにまたなんで執事？」

「半年ほど前、魔獣退治で仲間が大怪我してしまいまして、冒険者を続けられなくなったんです。そのあとすぐに子供が出来たと妻に聞いて、これは私も違う生き方を探さないといけないなと思いまして、パーティーメンバーに相談したら解散しようということになりまして」

「うわ、子持ち？」

「……四歳児」

「レックス、うるさい」

「はい」

嬉しそうな顔をするな。

笑うな。

「それにしても、護衛ではなくて執事なのね」

「私はアサシン職なんです」

「なるほど」

護衛の騎士達とは違う守り方をしてくれるわけだ。

執事しか傍にいられない場面もあるからな。

「先程は、つい子供が娘だったらこんなふうに甘えてくれるのかなと思ってしまって」

あー、それで怪しかったのね。

クリスお兄様に疑われるくらいに。

くっそ。リア充め。

「奥さんも城に住んでいるの？」

「はい。ありがたいことに城内には医者もいますし、安心して仕事が出来ます」

「そう。子供が産まれたら会ってみたいわ」

さて、どうしようかな。

言われたままにこれで子供の振りをやめて、アラサーの中身のままでってわけにはいかないのよ。

クリスお兄様は私が普通の子供とは違うとはわかっていても、どのくらい大人の話についていけるかとか、どのくらい知識があるかはわかっていないんだから、これを機会にその辺も確認したいと思っているはず。

「お嬢……様？」

「え？　今の言い方もう一度」

「お嬢？」

いい！　極道のお嬢様みたいでいい！

「身内だけの時はそれで！」

「はあ」

「で、何かしら？」

「先程の訓練場の件でもうひとつ」

「？」

「ご家族の護衛は当てにならないでください。彼らはそれぞれの主《あるじ》優先です。いざという時、お嬢の優先順位は低くなります。しかし我々はお嬢を守るためにいます。信用出来るのは自分の執事と護衛だけだと思ってください」

「あー、そうね。それに嫡男《ちゃくなん》と私じゃ命の重さが違うわね。あ、家族で私が一番軽いか」

両親は辺境伯夫妻として重要。

クリスお兄様は大事な跡継ぎ。

アランお兄様は跡継ぎのスペア。そうじゃなくても近衛騎士団入隊確実な人材。

それに比べれば、私は手駒のひとつとして使えはしても、いないと困るわけじゃない。

「そこまで一気に理解していただけるとは。話が早くて助かります」

「私じゃなくて、お兄様のどちらかの執事になれればよかったのにね」

「まさか。一番面白そうな職場はここですよ」

「まったくです。クリス様はご自分が優秀な分、他人にも厳しいですからね。何人も執事や護衛をクビにしているらしいですよ」

うへー。頭はよくても所詮は子供だもんな。

私にはいつも優しい顔しか見せないから、お兄様達の他の顔って知らないのよね。

「評判悪くなってないの？　ちゃんとフォローもしてるの？」

「優秀なら年齢も性別も身分も気にしないそうなんで、選ばれた者達からの評判はいいですね」

「猫を被るのも得意みたいですから大丈夫ですよ」

「人を自分の思うように操るのが上手い怖い子供です」

「さっきの私への言伝《ことづて》とか？」

にっと執事ふたりが悪い顔で微笑んだ。

「いや本当におまえの言う通りだ。このお嬢さんはおもしろい」

「でしょう。傍で見ていられる一等席の仕事ですよ」

楽しい職場ならなによりだわ。信頼出来る味方が欲しかったところだし。

お嬢様って守られている分、世間に疎《うと》くなりやすいのよ。

情報がなかなか入って来ないの。元冒険者っていうのはありがたいわ。

「ふたりは私をどんな奴だと思っているのかしら？」

「変人」

「レックス。喧嘩なら買うわよ」

「とんでもございません」

「クリス様より、あなたのほうが神童という名にふさわしいでしょうね。ただ、それが他に知られた場合、かなりまずいことになります。クリス様はそれを気にしているのではないですか？」

ブラッドはやっぱり私を神童だと思っているのか。まあ、まだ付き合い短いしな。

「神童というより……発想がみんなと違う方」

「それが神童だろう」

「いや、どう言えばいいんだろう。精霊に餌をやるって遊び感覚だったと思うんですよ。でもそれを気絶するまで毎日やる子はいないでしょう。今でも気持ち悪くなるまでやっているし。行動が突拍子もないし好奇心旺盛すぎるし」

「……ああ。同じ神童でもクリス様とは方向性がな」

やめろ。ふたりして残念そうな顔でこっちを向くな。

私をアホの子だと思ってないか？

天才となんとかは紙一重のなんとかだと思っているだろう。

「アランお兄様はどうなの？」

「私はまだあの方とは接点がなくてよくわからないですね。ただ、こちらに来て最初の日に廊下で会いまして、妹をよろしくと挨拶《あいさつ》されました」

「まあ」

「それ、待ち伏せされてたでしょ」

「たぶん、どんな奴が来るのか確認したかったんでしょう」

ちょっと待って。

アランお兄様はベリサリオ家の最後の良心だよ？

普通の可愛い男の子でしょ？

「いやあ、クリス様やお嬢とはまた違った方向で、子供らしさのない子供ですよ。ある意味、三人の中で一番大人びているかもしれません」

「やさしくて思いやりのある方なので、性格も三人の中で一番いいと思うんですけど、洞察力が鋭いうえに我が道を行っている感じですね」

そこまで私達兄妹のことを分析しているこのふたりの洞察力もどうかと思うけども。

クリスお兄様と私に挟まれていたら、そりゃあ我が道を行くしかないよね。

「まあだいたいわかったわ。出来ればこれからも城内や街の噂とか、気になることがあったら教えて。参考になる情報は買うわよ」

よっこいしょっと椅子から降りて、慌てて立ち上がろうとするふたりを手で制し、読書机の引き出しから紙を取り出してテーブルに戻る。

「これ書いてくださらない？」

「魔道契約書!?」

「私がこういう喋り方が出来るってこと。クリスお兄様と同じくらいに知識があるってことは他言無用よ。期限は……五年間。九歳ならお兄様で慣れている城の人達は驚かないでしょう？」

「話したらどうなるんです？」

「話そうとしただけで、私が解除するまで声を出せなくするわ。そういう契約をそこに書いてサインして」

「信用ないですね」

「こんな短期間で信用出来るわけないじゃない」

楽しそうにやり取りしているブラッドの横で、レックスは本気で落ち込んでいるようだ。

彼とは私が生まれた時からの付き合いだからなあ。

「レックス。これはあなた達のためでもあるの。お兄様達に問い詰められた時に、魔道契約したから話せないって言えるでしょう？」

「クリス様の伝言を無視するんですか？」

「私、お兄様が何をおっしゃっているのかわかりませんの。いつも普通にお話しているのに」

眉尻を下げて頬に手を当て、首を傾げながら俯いてみせる。

うわあ……とドン引きするな。

「でもこれどうせ無駄だと思うんですけどね」

「なんで？」

「お嬢、たぶんすぐにぼろ出しませんか？」

「うん。ばらすのは本人だと思う」

あれ？　一番信用ないの私？

「ご家族をだます理由を伺ってもいいですか？」

「どうもお母様が私を皇族に嫁がせたいと思っているみたいなの」

「嫌なんですか」

「私がお妃教育なんて耐えられると思う？　皇宮で暴れるわよ」

「……ああ」

「想像出来るところがなんとも……」

「それは断固阻止したいの！　だから私は普通の四歳児なの！」

「無理だし無駄じゃないですかね」

「もう手遅れですよ」

うるさーーーい！

私は普通の四歳児なの！

第一回家族会議

家族が集まる部屋に私が顔を出した時、もう他の人達は席についていた。

大理石の大きなテーブルを囲み、一度座ってしまったら立ち上がるのが大変な魔のソファーに、家族全員が腰をおろしている。

「遅くなりました」

私の背後には、ブラッドとレックスが控えている。

家族みんなの近くにも執事はいるんだけど、みんなはひとりなのに私だけふたりも連れてきたから、家族は訝し気な視線を向けてきた。

ただ文句は言わない。

基本、うちの家族は私に甘い。

両親が仲良く同じソファーに座って、向かい合う席にふたりのお兄様が腰かけている。私はどちらにもいかずに一人掛けの誕生日席を選んだ。

椅子の前に立つとすかさずブラッドが抱き上げて座らせてくれる。

姿勢正しく腰かけても椅子がでかいから足が届かないのよ。ぶらぶらしちゃう。座面も広いから背凭れに寄り掛かったら、肩と頭しか寄り掛かれない。

なのでレックスがささっとクッションを集めてきて、背凭れと私の間の空間を埋めてくれた。

その間にブラッドがお茶の用意をしてくれて、レックスがお菓子を取ってきてくれる。

そんな様子を見て、子供の世話は大変だからふたり必要なんだなって、家族は納得してくれたのか、ふたりの手際に感心する表情に変わっていた。

このふたり、半分遊びだから。

この分担でやろうぜとか、こうやるとスマートに見えるとか、楽しそうに決めてたから。

カップを差し出す時の恭《うやうや》しさに笑っちゃいそうになったわよ。

「話を始めていいかな？　ディアドラにいくつか聞きたいことがあるんだ」

「なんでしょう、お父様」

紅茶を一口飲んでカップをブラッドに渡す。テーブルが遠くて私には届かないからね。

いっそ、テーブルの前の床に直に座らせてほしい。

足首まで埋まりそうなカーペットが敷いてあるんだから、座り心地に問題はないと思うのよ。

「きみは他の人が見えなかったアランの剣精が見えたんだよね？　誰とも契約していない精霊が見えるのかな？」

「見えません」

「そうか。じゃあ、精霊を見つけて契約することは出来ないのか」

「契約って餌をあげること？」

「ああ、うん。守ってもらう代わりに魔力をわけることだね。騎士団長が騎士達の精霊を見てもらいたいと言っていたのだろう？　ディアドラにはほとんどの騎士に精霊が見えているんだよね」

「でも、あのままだと消えちゃう精霊もいます」

「ええ⁉」

「餌をあげなかったら死んじゃいますよ？　それに餌をくれないなら、いなくなっちゃいます」

話しながらレックスが差し出してくれたマドレーヌを手に取る。

よかった。運動したからお腹空いてたのよ。

お腹が鳴ったらどうしようかと思っていたところよ。

「でも僕達も今まで意識して魔力をあげてなかったのに、ずっと精霊がいるよ？」

「同じ精霊？」

首を傾げて聞いたら、みんな目を真ん丸にして絶句していた。

「いつの間にか入れ替わってたり、前の精霊が死んで新しい精霊が来ていることがあるのかい？」

「かも？」

「これは……急いだほうがいいな。騎士達と四日後の誕生日会に集まる者達に、精霊に魔力を与えることを伝えよう」

「教えるのはいいですけど、他で言いふらさないように魔道契約しましょう」

「そこまでするか」

「期限を切って、それ以降は話しても構わないという契約にしたらどうでしょう。他に伝わる時に発見したのは我々だということもアピールするべきですし、妙な噂になって間違った情報になっては困ります」

「うむ、確かにそうだな」

お父様とクリスお兄様のやりとりを、私はマドレーヌを食べながら聞いていた。

しっとりとした生地にバターの香り。うちのシェフは腕がいいわ。

三十近くなって当主として自信もつけたお父様の男の色気と、姿は子供なのに眼差しや表情が大人びているクリスお兄様のちょっと危うい魅力を、同時に拝める誕生日席で食べるお菓子は格別よ。

やっぱり美形は見ている分には最高よね。

ただ二十五歳以上の美形は私に近付かないで。

心拍数が上がって寿命が縮まるから。

「いっそ陛下にお話しして、我々の功績として発表してもらうのもいいかもしれないな」

「そうですね。でも皇族にとって今なによりの問題は、皇子達にいまだに精霊がいないことですよね」

え？　皇子なのに精霊ついていないの？

貴族はみんなついてるんじゃないの？

おい、ウィキくん、情報間違ってるぞ。

現代日本のウィキペ○アが間違っていても仕様的に仕方ないけど、スキルのウィキくんが間違ってちゃ駄目だろう。

「ディアドラ」

クリスお兄様に呼ばれた時、ちょうどマドレーヌに齧《かじ》りついたところだったから、そのまま首を傾げたら、ものすごく優しい目をされた。

その隣でアランお兄様は笑いを堪えている。

いいのよ、笑って。

「きみには他の人に見えない弱い精霊が見える。なら、皇族の人についているのに、気付かれていない精霊が見えるかもしれないよね」

「見えている精霊に魔力をあげていれば、仲間になりたい精霊も勝手に魔力を吸収して見えるようになります」

「ひとつもついていなかったら？」

「魔力をばーって」

「ばー？」

「使うと強くなるんだからばーって」

両手を広げてばーーって言ったら、クリスお兄様はなんとも言えない複雑な表情になり、ちらっとブラッドに視線を向けた。

ちゃんと話が伝わってないんじゃないかと思ったのかな。

伝わっているよ。伝わっているけど頑張っているんだよ。

四歳児っぽくするのって。結構精神力使うのよ。こっぱずかしくって泣きたくなるよ。

「魔力を放出すればいいんだね」

「ほうしゅ……っ」

そんな言葉を、さも知っていて当然という顔で言うな。

あと二年待て。

放出!!　って叫びながらホースから水を出して、あたり一面水浸しにしてあげるから。

でも私勘違いしていたわね。

皇族が夏にうちに来てくれれば観光客が増えるから、彼らを呼ぶ方法を探していると思っていたのに、話はもっと深刻だったわ。

皇子に精霊がいないってやばいんじゃないの？

「陛下には精霊います？」

「火と風の精霊だったかな」

「将軍様も？」

「火の剣精を使いこなしていらっしゃるよ」

「皇子様にはいない」

「そうなんだ。それはかなりまずい」

さて、ここが問題だ。

ウィキくんに書いてあるのに、こっちの人の知らないことが結構ある。

日本人も海外から来た人に言われて、そういうことだったの!?　ってことあるじゃない。

それでＴＶのクイズ番組が作れちゃうくらいにたくさん。

あと、昔は当たり前だったのに風化しちゃった知識もあるよね。

古い文献には載っていたけど、重要だとは知られていなかったとか。

私の常識は、まだ半分以上前世で生きていた時のまま。日本に初めて旅行に来た外国人と似たような立場だ。

だから、気になることがたくさん出てくるし、半分ゲーム感覚でなんでもチャレンジしちゃう。

じゃなかったら、魔力を増やすために気絶するようなことはしないと思うの。

私ならおかしいと思ってウィキくんで調べることも、こっちの人達は今までの常識で考えているから、そもそもおかしいと思わない。

たぶん、昔はもっとたくさんの人が精霊と共に生活していたはずなのよ。

なのに、いつのまにか精霊と対話することを忘れてしまっている。

それをどう伝えればいいんだろう。

「ディアドラ？」

私が考え込んでいたから、お母様が心配して声をかけてくれた。

「城の近くで水があって、木があって、お花がたくさんあるところってどこですか？」

お母様とお父様が顔を見合わせて、私に視線を戻した。

「城の西にある湖かな」

「この時期は花がとても綺麗なのよね」

「近いんです？」

「城内だよ」

城の中に湖があるんかい！

どんだけ敷地が広いんだよ！

「行きたいです。土の精霊が欲しいです」

「え？」

「精霊は自然の中にいるでしょ？」

「ディアドラ、どうしてそんなことを知っているのかな？」

「ダナが読んでくれる御本《ごほん》に書いてありました」

「絵本？」

アランお兄様の言葉に大きく頷く。

「御本では精霊がいる場所には、必ずお花が咲いていますの」

「それは絵本だから……」

「でもそう言われてみればそうですね」

「僕が読んだ本もそうでした」

そうさ。きっと昔から伝わっている事実が、そういうところに出ているんだよ！

そう思ってくれ。ウィキちゃん情報とは言えないんだ。

「精霊は自然の中にいるってことか」

「あなた、皇都を拡張したのっていつでしたかしら？」

「十年前だ」

そのせいで城内にいる精霊が減ったのかもね。

確か長男はクリスお兄様と同い年で九歳。時期もあっている。

精霊と生きる世界で、自然破壊は駄目絶対。

「皇都の近くの自然……学園の周りならあるね」

「確か皇都から森を通る近道がありましたわね」

近くに自然があっても、毎日忙しくてわざわざ行かない。

あるあるだなあ。

この領地の人達だって、城内に湖があるのに通っている人なんていないもんね。

「湖に行きたいです」

「行けば精霊がつくの？」

「つくまで毎日行きたいです」

甘いことを言うな。

魔力がよっぽど強くなきゃ、そんな簡単に精霊が餌につられるか。

反対に魔力さえ強ければ、赤ん坊の私にもくっついてくる。

皇子の魔力ってどれくらいなんだろう。

「これは試してみる価値があるな」

「はい。ディアドラの誕生日会に招待した人達にもやってもらいましょう。自分達や我が子に精霊がつくかもしれないとなれば、進んで協力してくれるでしょう」

「事実だったら恩を売れる。定期的に開催するのもいいかもしれない」

「自由にはさせないということですね」

「普段は立ち入り禁止にして、自然保護をする必要があるだろう」

「騎士団員や警備兵にも精霊はつけたいところですが、彼らは乱暴ですからね。監視が必要です」

お父様とクリスお兄様がどんどん話を進めていく。

手持無沙汰にしていたら、アランお兄様がクッキーを差し出してくれた。

「ありがとうございます」

「魔力を使ったら、栄養取らないといけないんだよ」

「でもこのあとご飯です」

「遅くなりそうじゃない？」

確かに。

お父様は夜会に遅刻してでも、こっちの話をつめるだろうな。

今夜は領内の伯爵家の夜会だから、顔さえ出せばいいはず。

「ねえディアドラ。どうして精霊は魔力を糧《かて》にするって知ったの？」

突然クリスお兄様に聞かれた。

「眠くないのに寝なくちゃいけなくて、灯りをつけられないから魔力で手をぼうって」

「明るくしたんだね」

「そしたら精霊が手に集まったから、魔力ほしいのかなって」

「……なるほど」

「そうか、発想力が優れているんだな」

ああ、私の異常さはどこから来るのか確かめたいのか。

無理に四歳児っぽくするなといったのに私の態度が変わらないから、変えられないのか変えないのか、そこを知りたいんだ。

「常識外れだとは思っていたが、着眼点と発想力が優れていたのか」

「たまにそんなことも知らないのかってことがあったり、普通の子供のように走り回っている理由もこれで説明がつきます」

「三人の中で一番怪我をするのが、女の子のディアドラなんですものね」

ごめんね。本当のことはまだ言えないんだ。

もっと大人になって、自己防衛を出来るようになってからじゃないと、異世界の知識なんて危険なものを持っているとは言えない。

私が持っている知識なんてたかが知れているんだけど、ウィキちゃんがあるから。

家族のことは信じたいけど、得られるものがでかすぎる。

国も動くレベルの知識だと思うの。

「精霊に関して、まだ気付いていることがあるかい？」

お父様の言葉に、私は腰に手を当てて胸を張ってみせた。

「何かあるんだね？」

「なになに？」

「ふふん」

「ディアちゃん、教えて」

「ディアちゃんて可愛いですね。僕もそう呼ぼうかな」

「アラン、あとにしろ。僕もそう呼ぶけど」

え？　ちゃん付け？

ディアドラ様って呼んでもいいのよ。

「で、何を教えてくれるのかな？」

「湖に行って、精霊と仲良くなりたかったら」

「うん」

「友達になってねってお話しするんですよ」

「え？」

「風が気持ちいいね。精霊のおかげだね。ありがとうって」

「……誰に向かって？」

「風や水？」

だから、その気の毒そうな顔をやめろ。

この子何言ってるのかしら？　育て方を間違えたかしらって思ってるだろう。

「ディアはそうやって風の精霊とお友達になったの？」

やっぱりアランお兄様は我が家の最後の良心ね！

視線がちょっと生温かい気がするのは気のせいよね！

「そうです。それに一緒にいる精霊ともお話しないとダメなんです。火の精霊さん、こっち来て」

掌を上にすると赤い光だけがその上にふわりと乗る。

「水の精霊さんはこっち」

反対の掌に水の精霊が乗った。

「お話すると答えてくれます」

「うわあ。僕もやってみる！」

目をキラキラさせてアランお兄様が精霊に声をかけると、答えるように掌が緑色に輝いた。

剣精はふわふわ漂っていないからね。

「ちゃんと魔力《えさ》をあげないと、お話を聞いてくれませんよ」

「ほお……」

「ほしい精霊に話しかける……か」

お父様とクリスお兄様は顎に手を当てて考え込んで、お母様とアランお兄様は自分の精霊とコミュニケーションを取っている。

誰が誰に似ているかわかりやすいわ。

「私だって、無視する人よりお話してくれる人とお友達になりたいです」

驚いた顔をする家族ににっこり笑って話を続ける。

「一回じゃ駄目です。お友達になってくれるまで何回も！」

「ふむ。通う必要があるんだね」

私の話をもとにして、真剣な表情で家族が相談している。

話の合間にも、私が飽きているんじゃないかと声をかけてくれたり、最後のほうはアランお兄様と少し離れた席でお話ししていていいよって、お父様がソファーまで抱いて連れて行ってくれた。

……家族を騙《だま》していている罪悪感半端ないな。

胃が痛くなりそう。


「見た感じ、家族の反応はどうだった？」

会合が終わった後、執事ふたりに聞いてみた。

そのために同室させたのさ。

「お嬢、愛されてますね」

「兄弟そろって、ちょっとシスコンの疑いないですか？」

「そんなことは聞いてないよ。疑いは晴れたと思う？」

「「無理ですね」」

だよねーーー!!

誕生日会

あれから我が家は湖に日参しましたよ。

クリスお兄様は風の精霊以外の三種類の精霊がつき、アランお兄様は風の剣精に続いて火の剣精がついた。両親は仕事があるからあまり時間が取れなくて増えなかったけど、ちゃんと魔力《えさ》をあげているので元からいた精霊は順調に育っている。

そして私、全属性コンプリートしました!!

火、水、風、土の四種類が肩の後ろあたりでぐるぐるしているよ。

みんな尊敬のまなざしで見てくれるんだけど、正直邪魔。

家族そろって食事中なんて勝手に精霊同士が集って遊んでいるから、丸い光が飛び回って落ち着かないわ。

子供なの？　大きくなると落ち着くの？

そういえば赤ん坊の時からいた火と水の精霊はあまり飛び回らないかも。

誕生日会の招待客には、あらかじめ魔道契約を結んでもらっている。

私が想像していたより人数が多いのよ。

領地内の重要人物の家族と、私達兄妹それぞれと年齢の近い子供がいる家族が集まったから子供だけでも五十人以上。大人も合わせると二百人はいそう。

まずは全員大広間に集めて簡単な説明をして、湖に移動する。

湖は幻想的なターコイズグリーンで、太陽の光を受けてきらきらと輝いている。

私達が向かったのは森に囲まれた草原で、色とりどりの花が咲いていた。

細かい砂利が敷いてある通路や、木のイスやテーブルが設置されている場所もあり、自然を壊さずに散策出来るようになっている。

祖父母の子供の頃は、お客様を呼んで何度もここに遊びに来たってセバスが言っていた。やっぱり昔は精霊に会うために、子供がここに通うのは当たり前だったんだよ。

そんなたいして昔の話じゃないのにって思ったりもしたけど、以前の私も戦前の話とかあまり真剣に聞いてなかったもんな。

クリスお兄様は子供達の先導をして、友達の質問に答えながら先頭を歩いている。

私は片手をアランお兄様が、もう片方をレックスが繋いで、連れられた宇宙人状態。

お外でのパーティーだから動きやすいように、袖と襟だけ白くて他は淡いペパーミントグリーンのワンピース姿で、脹脛《ふくらはぎ》まで隠れるふわりとしたスカートに白いソックスは定番ね。

女の子は似たような色とりどりのドレス姿で、男の子は走り回れるようなシャツとズボンに薄い上着を着ている子が多い。

この子供達の中から、私もいずれは側近や侍女を選ばなくちゃいけない。

領地を持たない、あるいは小さな領地しかない男爵や子爵、騎士爵の子供は大貴族の子供の側近や護衛、侍女になって教育を受けて、出世すれば皇宮で働けたり見初められてお嫁さんになったりするわけだ。

だから、誰につくかは重要なのよ。

主人が力を持っていないと、身分の高い人に顔つなぎ出来ないから。

お兄様達と違って、私の護衛や側近になりたい男の子はいないんじゃないかな。

将来の仕事につながりそうにないもんな。

侍女はね、女の子同士で仲良くなって、お嫁の貰い手を探すのを手伝うくらいは出来ると思うのよ。キューピッド役、楽しそう。

今日は天気が良くて春にしては気温の高い、風の気持ちいい野外パーティー日和だ。

湖に到着してからは説明したとおりに、自然を散策しながら魔力をちょっとずつ開放して、各自で精霊と対話する。

飽きたり疲れたりしたら、料理が並べられているテーブルに行って休めるようになっている。

人数が多いから、怪しい新興宗教の団体みたいな感じもあるし、信じなかったり馬鹿にしたりする人もいるんじゃないのって思ってたけど、意外と真剣な人が多かった。

特に高等教育課程に通っている年齢の子供達は、他所の領地のライバルに負けたくないから真剣よ。ちょうど魔法も習っているから、新しい精霊を手に入れたいと思っていたんだろうね。

そこに精霊を増やしたクリスお兄様と、珍しいと言われている剣精を手に入れて、実際にみんなの前で手を光らせてみせたアランお兄様の登場で、やる気が漲《みなぎ》ってしまっている。

私？

なにこの子？　化け物なの？　って顔をされました。

四歳児が全属性の精霊を育てるだけの魔力を持っているっていうのは、異常らしい。

たぶん城内で一番魔力が高いの私だもん。

伊達に生まれてから今まで、毎日魔力を何度も使い切っていないよ。

そうして一時間もすると、あっちでもこっちでも新しい精霊をゲットしたぜって人が現れた。

やっぱり魔法を習っている学生達や、魔法を使う仕事をしている人達が多いようだ。

アランお兄様のアドバイスで、剣精を見つける人達もいるみたい。

「焦らなくていいからね。魔力を使い切らないように休憩してください」

「子供達は学園卒業までに精霊がつけばいいんだよ。複数いなくても平気だよ」

お父様やクリスお兄様の声が遠くから聞こえる。

周囲がどんどん精霊を見つけていくと不安になるのはわかる。

だがな、簡単に精霊を見つける人がこんなにいたってことは、どんだけおまえら精霊と対話してなかったんだよ。

日本じゃな、魔法が使いたくても使えないんだ。精霊だっていないんだ。

せっかくこういう素敵な世界なんだから、もっと精霊と仲良くしなよ。

いて当たり前だから、ありがたみを感じなかったんだろうな。

「あの、よろしいかしら？」

戸惑っている子供達に説明して回っていたら、背後から声をかけられた。

振り返った先にいたのは、青みがかった銀色の髪に碧眼で、目元がきりっとしたお人形みたいな綺麗な女の子だった。

「私からお声をかけるのは、本当は駄目なんですけど」

「今日はかまわないと先程説明がありましたでしょう？　お気になさらないで？」

「はい。私、ロイド男爵の長女、アイリスです。お誕生日おめでとうございます」

「ありがとうございます。アイリス様はおいくつ？」

「五歳です」

「まあ、ひとつお姉さまなのね。これから仲良くしてくださいね」

「はい！　あのそれで……」

「精霊が見つからないのですね。なんの精霊がいいですか？」

「……水？」

なんでそこだけ疑問形。

いやあ、この子かわいいわ。

貴族の子って見た目のいい子が多いのよ。綺麗な奥さんや愛妾《あいしょう》を選ぶ財産も権力もあるからね。

しかしその中でも飛びっきりじゃないかしら。

しかも素直で真面目そう。

うちのアニキのお嫁さんにきませんかね。

たぶんあなたの親はそれを目当てに、私に話しかけてきなさいって言ったと思うのよ。

「あ、きてるきてる。もう少し掌に魔力をためて」

「こう？　あ、光った！」

「水の精霊ね。話しかけてお友達になるとついてきてくれますよ」

「お友達になってくれますか？」

首を傾げておずおずと聞いている姿がまた可愛い。

写真に撮っておきたいくらい。

いつのまにか心配した両親がすぐ後ろで見守っているなか、魔力《えさ》に満足した精霊はアイリスの肩の上にポンっと乗っかった。

「まあ、よかったわね、アイリス」

「はい。ディアドラ様が教えてくださったからです」

「ありがとうございます、ディアドラ様」

「いえいえ。アイリス様の魔力なら、もう一属性くらい育てられるのではないですか？」

「そうですか。いや、ありがたい」

「ぜひ、アイリスと仲良くしてくださいな」

おおう、プッシュしてくるな。

そりゃここにいる人みんな、うちと仲良くしたいだろうけど、四歳の子供に言うより他の家族がいいんじゃないの？

「出来ればディアドラ様のお傍に置いていただけますとありがたい」

だからそういうのも両親に。

「いやあ、こんな妖精のようにかわいらしいお嬢様だとは」

「全属性揃っている方など初めて見ました」

「将来が楽しみですな」

待った待った。

大人が周りを取り囲まないで。

何？　私目当てなの？　うっそーー。

「お待ちください。そういうお話はあとでお時間をご用意しますので、大人の方はあちらへ！」

レックスやブラッドが私の周りに集まった大人達を散らしてくれる。

家族の執事たちも手伝ってくれて、どうにかまた子供達だけになった。

「驚いた」

「油断しないでください。お嬢目当ての人もたくさんいるんですからね」

レックスはそのまま私のすぐ横にいてくれることになった。

ブラッドは少し離れたところで見張っていてくれる。

「お兄様じゃなくて私のところに来るとは……」

「見た目が無駄に可愛いってことと、全属性持ちは我が国に他にいないことを忘れないでください」

無駄って何さ。

でも確かに自分の容姿は忘れていたわ。

あれ？

「今なんて？」

「無駄に可愛い」

「うっさいわ。そこじゃなくて私だけ？」

「知らなかったんですか？　現在、全属性持ちはお嬢だけのはずです」

やばい。目立ってしまっている。

最近、やることが多くてウィキちゃん見ていなかった。

いや、見ないようにしてた。

「すごいです。四色持っている方はいないのですね」

「今はね。でもきっとすぐにたくさんの人が持つようになるわ。アイリス様も魔力をどんどん使って強くなれば全属性持てますよ」

「がんばります。だから私をそっきんにしてください」

うわー、そう来たか。

子供もアピールしてくるのか。

「僕は護衛になりたいです！」

え？　突然ぶっこんできたな。

「えーと」

「ハリーです。ハリー・バックランドです」

バックランドって……確か……騎士爵だったような。

「剣精も手に入りました。騎士になります」

言いながら広げた掌は赤い光で染まっている。

「ハリー様はおいくつですか」

「四歳です」

まじか、同い年でそのでかさか。

掌もでかいし、剣ダコが出来ている。

「僕も護衛します！」

「私、お友達になりたいです！」

今度は子供に囲まれた。

レックスもどうしていいか困ってしまっている。

私、モテモテ。子供に。

気分は保母さん。

「向こうでそろそろ昼食にしましょうか！」

「わーーい」

「ごはん!!」

見かねたお母様の侍女がふたり、子供達に声をかけて連れていってくれた。

走っていく子供達を見送って、レックスが盛大なため息をついていた。

ご苦労様です。

まだ精霊を手に入れようと頑張っている人達が周囲にはいるが、私の近くにはアイリスとハリーだけが残った。

私から離れる気がないらしい。

この子達、本当に私の元で働くつもりなのかな。

「おい、おまえ」

誰だ。この場で一番身分の高い家柄の私を、おまえ呼ばわりするやつは。

私は優しくしてくれる子にはめいっぱいの優しさを返すけど、敵意も五倍くらいにして返すぞ。

「なんとか言えよ。俺が声をかけてるんだぞ」

そこにいるのは十歳くらいの男の子だった。

濃い緑色の短い髪の、目つきの悪い子供。

見た目がそこそこいいところがまた、余計に生意気そうに見える。

「もしかしてあなた、私に声をかけているの?」

「そうだよ。おまえかわいいじゃないか。向こうで一緒に食事しようぜ」

四歳児をナンパかよ!!

しかも台詞がおじさん臭いよ!!

今日はかまわないという話になっているけれど、本来は身分の低い者が高い者に話しかけることは許されない。

いくら相手が子供でも、お父様の城内で私におまえ呼ばわりって、うちの男性陣に知られたらぶっ飛ばされるぞ。

「あなたは誰？」

「俺を知らないのかよ。おれはホルン地域領主の長男のデニスだ」

そうかい。

そのホルンの領主を任命しているのがうちのお父様なわけなんですが。

ホルンの領主ってなかなかの切れ者だって聞いたことがあるような……。

あれか。仕事が忙しくて、子供の教育は奥さんに任せっきりのタイプか。

「おまえ、名前なに？」

おまえに名乗る名前なんざない！

「あなたは精霊を探さないの？」

「俺はもう剣精がいる。土の剣精だ」

「……光らせてみてくださる？」

「剣精は光らない」

「ここに来る前の説明を聞いていました？」

「うるさいな。おまえは女だから剣精について知らないんだ。黙れ」

えーーーと私、すっごい我慢したんですけど、このあたりでこいつをグーで殴っていいでしょうか？

「剣精も光るぞ」

ハリーが横から声をかけた。

いくら彼が大きくても四歳児と十歳じゃ体格が全然違う。

なのに怖がらないで話しかけるのがすごい。

レックスは私のすぐ横で、いつでもデニスを捕まえられるようにしている。

ただ相手が生意気なだけでは、私が命令でもしない限り動かない。

命令すれば、たぶんデニスをすぐに抱え上げて湖に沈めるくらいのことはやると思う。

「光るわけないだろう。父上も剣精を持っているが光らないぞ」

あー、ホルンの領主にまで飛び火しました。

ということは、彼のお父様も精霊を持っていないということですね。

子供がばらしてますよ。

「あなた、さっきからディアドラ様に失礼だわ。この方は辺境伯のお嬢様なのよ」

「はん。こいつが辺境伯の子供かよ。せっかくかわいいのに身分が低くて気の毒だな」

「え？」

あー、こいつ、辺境伯を騎士爵あたりと同じと勘違いしてるな。

「うちは伯爵だぞ！」

ああうん。伯爵って一番多いし、上と下で差が大きいのよね。

大きな領地をもらっていたり皇宮で要職についている伯爵から、領民と一緒に田畑を耕している伯爵までいるのよ。

他の階級もそうだけど、同じ階級でも権力や財力に大きな差があるの。

うちは重要な拠点を守護しているし、海軍と国境軍持ちだから辺境伯のトップで、侯爵と同じ扱いを受けている。

「今の辺境伯は若くて経験がないからダメだって母上が言ってた」

あ、また飛び火した。

これあれだ。幼稚園生がお母さんが迎えに来る時に「うちのお母さんとお父さん、毎朝玄関でキスしてるの！」とか、先生にばらしちゃうやつと同じだ。

ただ内容のやばさが段違いだな。

「うわ。そんなことをおっしゃっていたんですか？」

「うちの父上の方が優秀だからな。辺境伯だけじゃ何も出来ないって言ってた」

「ほお。さすが切れ者と言われるだけありますね」

「当然だ。うちの領地は税金がいっぱい集まっているから、お母様がまた新しい宝石を買うくらいに金持ちだぞ」

税金は、あんたの家のために使っちゃダメだろうが。

帳簿どうなっているんだ。

「レックス、煽るな」

「ここはいっそ気持ちよく終わっていただこうかと思いまして」

小声で注意したら、レックスは滅茶苦茶さわやかな笑顔で言った。

うん。いつの間にか周りに人が集まっているしね。家ごと終わるね。

声がでかすぎるんだよ。

「私はまだここにいますから、あなたは食事に行ってくださいな」

「一緒に来いって言っただろ」

「嫌です」

「なんだと」

「お父様を侮辱《ぶじょく》する方なんかとお話したくありません。さようなら」

「おまえ生意気だぞ！」

私を捕まえようとしたのか殴ろうとしたのかはわからない。

デニスが腕を振り上げた途端、ハリーが伸びあがってその腕を掴み、アイリスが悲鳴を上げ、レックスが私を庇って前に出た。

そして……。

『この子供はおまえの敵か』

『消していいのか』

頭上にふわふわと浮いていた光のうち火と水の光が消え、代わりに全身炎の毛皮で包まれた巨大化した狼のようなフェンリルと、川の流れのように水色の光が頭から尻尾の先に流れていく東洋風の竜が姿を現した。

「え？　あの……あなた達……」

『なんだ、わからないのか』

『赤ん坊の時から傍にいただろう』

やっぱり彼らは火と水の精霊なんだ。

最近手に入れた風と土の精霊は丸い光のままだもん。

でも彼らも私を守ろうとしているみたいで、私とデニスの間でぶるぶると細かく震えている。

「精霊って育つと会話出来るようになるの」

『そうだ』

「そういう姿になるの？」

『いろいろだ』

『人型にもなれる』

待って待って待って!!

「ディアドラ！　どうした!!」

「お父様、精霊って育つと人型にもなれるそうです!!」

「おお！」

「私、お風呂入る時に精霊も風呂場に入れてました！　見られた!!」

感情くらいはあっても、こんなはっきりと意識があるとは思わなかったよ。

まして人型になるとか、教えておいてよ！

「でも私の精霊なんで、切っちゃだめです」

お父様、剣を抜かないで!!

私を心配して家族が駆け付け、そこに野次馬が集まり、私の周囲はすごいことになってしまった。

まず問題を起こした張本人のデニスは、目の前に現れたフェンリルと竜に驚き、半泣きで硬直している。まさか弱そうな女の子をちょっと脅しただけで、こんな大変なことになるとは思ってもいなかったんだろう。

ハリーはいまだにデニスの腕を掴んだままで、こちらも驚いて硬直してはいるけど、目の前に現れた精霊獣に目をキラキラさせている。たぶんモフモフしたいんだろうな。あとでさせてあげるね。

アイリスも驚いて目を丸くして私に縋《すが》りついて固まっていて、レックスは精霊獣に挟まれて下手に動けなくて固まっていて、つまりみんな固まっている。

その中で動けた私ってば偉い。

でもそのせいでお父様は精霊獣を切り捨てそうになってるんだけどねー。

まず一番にしなくちゃいけないのは、お父様を止めることだ。

「お父様、落ち着いてください。私は大丈夫です」

『おまえの父は何を怒っている』

座っていても立っている私より頭の位置が高いってことは、炎のフェンリルになったこの精霊はかなりでかいな。

それが甘えて頭を擦《こす》りつけてくると、押されてよろよろしちゃう。

全身の毛が燃えているように見えるのに不思議と熱くないし、甘えてくれると可愛い。

「お風呂に入っているのを見られたこと」

『風呂？』

『水浴びか？』

水の竜の方は、この西洋風の世界では異質に感じてしまうけど、たぶん私の心の中に聖なる生物のカテゴリーがあるとしたら、間違いなく竜は入っているだろう。

竜だから目がぎょろってして髭が生えていて、口が大きくて牙が大きい。子供達が泣いてしまいそうな怖い顔だ。けど、小さいせいでとても可愛い。子供なのかな。それとも大きさは自由に変えられるの？　目が優しそうで、鱗が光を反射してきらきらで、そこに水の流れのような光が加わるとすっごい綺麗。

こっちは尻尾を私にくっつけたり緩く巻きつけたりしてくる。

私、ちょっとターザンぽくない？

これ大丈夫？　ファンタジーから外れてない？

私が精霊獣と戯れている間に、お父様をお兄様がふたりがかりで宥《なだ》めて、ひとまず剣はしまってくれた。

だいたい風呂問題より先にやることがあるだろう。言い出したの私だけど。

「風呂についていくことはこれからは禁止だ！」

『かまわない。隣の部屋で待つ』

「離れて平気なの？」

『そのくらいの距離なら問題ない』

『離れられない精霊にはまだ自我がないのだ。近くにいても問題なかろう』

『話しかけないと自我は育たない』

やっぱり話しかけるのは重要だったね。

「ねえねえ、触ってもいい？」

『当然だ』

『我らはおまえの精霊だ』

うわほほーい。

さっきからすりすりされてたけど、こっちから触るのは平気なのかなって気にしてたのよ。むしろ嬉しそうにしてくれている。

フェンリルはモフモフだし、竜はひんやりとして意外と気持ちいい。夏場は添い寝したい感じ。

風と土の精霊が、私達も忘れるなーって私の周りを飛び回ったので、彼等には掌に集めた魔力を分けてあげた。彼らはどんな精霊獣になるのかな。

「今の話は、特に女性陣には伝えなければな」

「わかりました。彼はどうします？」

クリスお兄様が冷えた眼差しを向けた先はもちろんデニスだ。

アイリスとハリーは私が手を引いてちょっと移動して、モフモフとヒヤヒヤを楽しんでもらっている。

私を守ろうとしてくれたお礼さ。

あと五年くらいしても意志が変わらなかったら、護衛や側近になってもらおう。

「レックスに話していたことを城で詳しく聞こうか」

「まったく、この馬鹿者が申し訳ありません」

「有意義な話だったでしょう？」

筆頭執事のセバスが頭を下げる横で、レックスは全く悪びれずにへらっとしている。

セバスはレックスのおじいちゃんなの。

「まったく子供にどんな話を聞かせているのやら」

「どうせ話の内容を理解していないと思ったんでしょうね」

「はあ？　あのくらいの話、ディアだって理解するぞ」

「旦那様、それはお嬢様が特別優秀だからです。他の子供では無理ですよ」

「クリス様もアラン様も、学園に行ったら周囲が子供ばかりでうんざりするんじゃないですか？」

「あいつらも子供だろう」

セバスとレックスの言葉に、嬉しそうなお父様。

身内の贔屓目《ひいきめ》もあるだろうけど、確かにうちの兄妹はおかしい。

ここにいる子供達のなかでも明らかに浮いている。

でも仲良くしてるんだよ。お友達もいるみたい。

私なんて前世の記憶があるだけだから、いつかみんなが追いついてきて、普通の大人になると思うのよ。

賢いねって言われるのは今だけさ。

「きみはちょっとこっちに来てくれる?」

「なんだよ、おまえは!」

クリスお兄様に二の腕を掴まれて、デニスは私達から離れた位置に連れていかれた。

精霊獣が怖くてさっきまでの勢いはさすがにない。

彼の失礼な口調にはむかついたけど実際に殴られたわけじゃないし、私としては注意してくれればいいんだけど、ばらしていた内容がね、やばいよね。

本当に横領していたなら、たぶん爵位剥奪《しゃくいはくだつ》されるだろう。

そうじゃなくても不敬罪よ。

「デニス!?」

悲鳴のような声で我が子を呼んだのは、ジャラジャラと貴金属を身に着けた細身の美女だ。

なんというか想像通りの奥様だったわ。

その隣を歩く紳士もほぼ想像通り。細身で神経質そうな眼鏡をかけた男だ。

どういう状況なのか把握しようと、せわしなく視線を動かし考えをまとめようとしている。

「やあ、コールマン伯爵。きみのご子息はなかなか愉快な子だね」

私はお父様が本気で怒っている顔を見たことがなかった。私には激アマだもん。

でも今日わかった。怒らせたらまずいタイプだ。

まさか精霊獣相手に剣を抜くとは思わなかったし、今も、口調は軽いのにひんやりと背筋が寒くなる迫力がある。シンと周囲が静かになってしまった。

「セバス。伯爵一家を城に案内してくれ。彼等にはしばらく城に滞在してもらおう」

「承知いたしました」

「彼らの世話はうちのものにさせてくれ。彼らが連れてきた者達も、まとめて同じ部屋に集めておいてくれ」

「いったい何が……」

「話はあとでする。ゆっくりとな」

お父様の言葉に従ってセバスが指示を出し、何人かは大急ぎで城に駆け出していき、何人かは伯爵達三人を取り囲んで城に連れていった。

「なんであいつの命令に従っているんだよ」

「黙れ」

「父上の方が偉いんだろ！」

「黙れ!!」

すごいわ、デニス。

空気をここまで読まない子も珍しい。

「みなさん、精霊は対話して魔力をあげて育てると、精霊獣になって会話出来るようになるそうですよ。まだ時間があります。無理はしない程度に精霊を探してみてください」

まだ何人かで仕事の話をしているお父様の代わりに、クリスお兄様が皆に声をかける。

デニスより一歳とはいえ年下なのよ？

私のお兄様、すごくない？

「冷たい飲み物とスイーツを用意しました」

「どうぞこちらに」

執事達が見物していた客をテーブルに誘導してくれたので、ようやく一息つける。

私の誕生日要素のまったくないパーティーになっているな。

「アイリスちゃんとハリーくん。ディアちゃんを守ってくれてありがとう」

お母様にお礼を言われて照れているふたりも、ご両親の元に連れて行ってもらう。

友達ふたり、ゲットだぜ！

「ディア」

「はい。アランお兄様」

「精霊獣はなんて呼べばいいの？」

「そういえば、名前を聞いてませんでしたわ」

『名前？　生まれたばかりだ。あるわけがない』

『つけてくれ』

おおう。私がつけるのか。

彼らは、私が客に説明するために、何度も魔力を放出したり掌に集めていたから、どさくさに紛れてそれを食べていたら進化したらしい。

食いしん坊精霊ですよ。

「ディア、精霊と少し話が出来るかな？」

「どうでしょう？」

『主の父親か。いいぞ』

『もう剣は向けるな』

お父様に聞かれたので私が話を振ると、フェンリルと竜がするすると私の両脇に移動して、黄色と緑の光の球がお父様の精霊と挨拶するように一緒になってふわふわと飛ぶ。

見ているだけで癒される優しい世界だ。

「今日ここにこれだけの人が集まっているだろう？　精霊達の迷惑にはなっていないだろうか。こういう集まりを今後もここで続けたいのだが、大丈夫だろうか」

『我らの意見を聞いてくれるのか』

『素晴らしい。主の父親はいい人間だ』

『みんな楽しんでいるとは思うが、精霊王に聞いてみればいい』

「精霊王？」

『呼んでみよう。駄目なら我々が答えよう』

なんか、新しい情報来た。

ウィキくんにそんなことまで書いてあったかな。

精霊について調べたのって、歩き始める前だから覚えてないや。

『精霊王、おられるか！』

フェンリルの精霊が湖のすぐ近くに歩き出したので、私もお父様も後ろをついていく。

背後はたくさんの人間がいて賑やかだけど、湖面は静かだ。

『人間が多すぎて駄目かもしれんぞ』

『ううむ。その可能性があったか』

『いやかまわん。この地で新しい精霊獣が生まれるのは何十年ぶりだ？　生まれたばかりのおまえ達の願いを聞き届けよう』

湖の表面が淡く輝き、その光がすーーっと浮き上がった。

光がゆっくりと消える中、湖面に姿を現したのはスモークブルーの髪を肩まで伸ばした美しい男性だった。

肌は透き通るように白く、瞳はガラス玉のようなアイスブルーだ。

ゆったりとした白い衣を羽織り、湖の上に浮かんでいる。

体全体が淡く光を発していて神々しい。

また美形ですよ。

それも元の私の年齢に近い美形。

ただあまりに非現実すぎてドキドキしない。

『その子がおまえ達の主か』

『そうだ』

『変わった魂を持つ子供だ。名を何という』

「ディアドラです」

『そうか。そなたのおかげで我らは新しい仲間を得た。そしてまた、今後はたくさんの仲間と出会えそうだ』

精霊王の登場にいつの間にか背後が静まり返っている。

そりゃそうだよね。何が起こっているかわからないもんね。

精霊王が存在することすら誰も知らなかったでしょ。

注目を浴びている精霊王は、少し離れた草原に集う人達とその周囲に浮かぶ光を見て、嬉しそうに目を細めた。

『この地はもう忘れ去られたと思っていた。またこうして人と精霊が触れ合う場になったことを喜ばしく思う』

ほとんど思いつきと勢いでここまで来たのに、こんなに喜んでもらうとちょっとだけ申し訳ない気になってくる。

でも、せっかく精霊と人間がともに生きていける世界なんだもんね。

仲良くしたいよね。

「話を聞かせてもらってもよろしいでしょうか。私はこの地を治めるベリサリオ辺境伯。ディアドラの父親でもある」

『ベリサリオ……。以前会った男は何代前になるのだろう。懐かしいな。おまえたち家族を招待しよう。こちらに来るがいい』

精霊王の周りに美しい女性が三人現れ、光を溢れさせながら手を動かすと、テーブルとイスと白い衝立が水上に姿を現した。

「レックス。お菓子取ってきて」

「はい」

レックスが籠にお菓子やサンドウィッチをつめて渡してくれたので、それを持って湖に足を踏み出す。

私達のいるところからテーブルが用意されたところまで、湖面の色が変わっているから、たぶんそこは歩けるんだと思う。

「ディア、待って。籠は僕が持つから」

「一緒に行こう」

過保護だなあ。平気なのに。

でもしょうがないから籠をクリスお兄様に渡して、お兄様ふたりと手を繋いで湖面を歩く。

気分は忍者だよ。

歩いた感触は大理石の床みたい。

私達が通り過ぎた場所は水の色が変わって、他の人達は来られなくなってしまった。

私の精霊獣は当然ついてきているよ。

というか、レックスを待っている間にさっさと精霊王の元に行ってしまった。

私は主だけど、それより精霊王の方が上の存在なんだろうね。

『くつろいでくれ』

湖面の中央には座り心地のよさそうな生成り色のソファーと、お茶と果物の置かれたテーブルが用意されていた。

「人間の食べ物は食べられますか？」

クリスお兄様が籠から食べ物を出すと、精霊王は興味津々で手を伸ばした。

『なかなか美味いな』

「それはよかった」

『それで何を聞きたいのだ？』

「今日のように多くの人がここに来て、自分と一緒に来てくれる精霊を探すのは迷惑にはなりませんか？　騎士団や城の者達にも機会を与えたいのです」

出来ればレックスやブラッドにも機会をあげてほしいな。

レックスは風の精霊がいるんだけどブラッドはまだいないんだよね。

アサシンだったからあまり魔力を鍛えていないって言っていたけど、ひとつくらいは大丈夫だと思うの。

これから精霊を育てながら、魔力をあげていけばいいんだよ。

『毎日ではさすがに困るが、そうでないならばむしろこちらから頼みたい。精霊は人間の魔力を糧《かて》として育ち進化する。精霊獣が増えればこの地の魔力が上がり作物がよく育つ』

「それは我らにとってもありがたい。では曜日を決めてお邪魔させていただきます」

『そうしてくれ。だがな、わざわざここに来なくても自然が豊かな場所になら精霊はいるぞ。自然を壊さずに対話してくれるのなら、どこでも精霊はその声に応えるだろう』

「ほう。では皇宮の近くでも精霊はいますか？」

『そこは我の領分ではない。この世界はな、各国にそれぞれの属性の精霊王がいる。つまり四人ずついるわけだ。南の島国では精霊と人間がそれは仲良く暮らして居るし、西の国では人間が精霊王の住む自然を壊したため、砂漠化が進んで人間が住めなくなっている。この国にも我のほかに三人の精霊王がいる。皇宮近くは土の精霊王が住んでいたが、皇帝はその森を壊してしまった。今彼らは別の次元に移り住み、人間達とのかかわりを断ってしまっている』

「では学園近くの森にも精霊はいないんですか？」

『いることはいる。だが精霊王に遠慮して人間に近付かない』

だから皇子達に精霊がつかないんじゃん。

この世界の自然破壊はこわいな。精霊の怒りで砂漠化が進んじゃうんだ。

てことは、皇都砂漠化？

なのに地方は精霊と仲良くして栄えたら、面倒なことになりそう。

「だが人間が住む場所も作らなくてはいけないのです。陛下もまさか精霊王の住む森とは思わなかったのでしょう」

『ならば壊す前に相談すればよい。それに知らないはずがない。ついこの間まで、人間は我々と共存していたんだぞ。なぜ人はすぐに忘れてしまうのだ。寿命が短いのだから次の世代にきちんと伝えるべきだ』

耳が痛いな。

それが難しいのよ、人間は。

「どうすれば土の精霊王の怒りはやわらぐでしょう」

『知らん。おまえなら家族と住処を追われた時、どうしたら相手を許せるのだ』

「……許せないかもしれません」

「父上。我々はこの情報を届けるだけで、それ以降は陛下と精霊王で話していただくしかないですよ。まだ陛下がどれほど精霊を重視なさるかわからないのですから」

「そうだな。だが少なくとも我々は、今後も精霊達と共に暮らしていこう。おまえの代でも頼んだぞ」

「もちろんです」

北の高原地域に風の精霊王が、東の大草原に火の精霊王が住んでいるんだって。

ひとまず陛下に報告してから、精霊王がいる地域を治めている貴族にも情報を渡すらしい。

「この地に皇帝が訪れた場合、会っていただけますか」

『断る。人間の階級など我らには関係ない。我はこの地域を治めるおまえたち家族とだけ会う。多くの精霊と人間が共に暮らせるようにという会合なら、今後もいくらでも付き合う』

「他の地域の精霊王とその地を治める人間の橋渡しもしたいのですが……」

『うーむ。精霊王達に連絡はしてやろう。人間側はおまえ達が動くべきだ』

「あの……」

『ディアドラと言ったか、そなたのおかげで人間達が我らとの付き合い方を思い出したのであろう？　お礼に我の祝福を授けよう』

え？　それまた目立たない？　大丈夫？

いやそれより、どうやら私は気に入られているみたいだ。

顔つきも声もお父様と話す時と違うもん。

精霊王、あなたも幼女は特別扱いか！

「祝福より、一度だけでいいので皇帝家族と会っていただけませんか？　彼らが人間に精霊のことを説明してくれたら、一気にみんなが考えを変えてくれます。国中の精霊が人間と仲良くなれるかもしれないです」

もう四歳児の喋り方わからん。

かまうものか、私は神童だってことにして。

『祝福はいらんのか』

「はい」

『状態異常軽減の祝福だ。毒も病気もほぼかからなくなるぞ』

「ううう……。でも、精霊獣がたくさんいる国に住みたいです！」

『気に入った。一度だけなら会おう。祝福も授けよう』

わーい。精霊王の祝福ゲットだぜ。

でも、また目立った気がする‼

皇帝一家と接近遭遇

翌日さっそく両親は皇都に向かい、二日後に謁見出来ることになった。

これって異例中の異例なんだって。

女帝も将軍も何か月も先まで仕事のスケジュールが決まっているから、そこに突然、急な約束をぶっ込むと調整が大変なの。

でも「精霊王と会いました」なんて言われたら、そりゃ急ぐよね。

私達の方も突然大忙しになった。

馬車で何時間もかけないと城に来られない人達が、自分の住んでいる地域にある、精霊のいる場所を探してほしいと頼んできたの。

毎日の生活に支障なく、精霊と対話出来る環境づくりのお手伝い。

これで領主への恩義を感じてくれて、精霊獣が増えて海軍や国境軍の力が増えて、作物もよく育つようになるのよ？　やらないわけにはいかないでしょ。

精霊獣がいないと意思の疎通が出来ないから、そうなると私が行かなくちゃいけなくなるんですよ。

でも四歳児だよ？

私ひとりで全カ所行くのはきつすぎるよ。

城からは皇宮と学園へは、転送陣で一瞬で移動出来るんだけど、転送陣は行き先が決まっていて他にはいけないし、これはもう失われた技術で新たに設置することは出来ないらしい。

だから領地内を回るのには、全く役に立たない。

日本も新幹線や飛行機で遠くに二時間で行けても、同じ県内なのに二時間で行けない場所もあったりするでしょ。あんな感じ。

「精霊獣に進化させられそうな精霊を持っている人を探す！」

氷、灼熱、重力、竜巻の魔法を使える精霊なら、対話さえすれば進化するはずなんだ！

「氷魔法を使える人はひとりいるけど、他はいないかな」

なにーーーーー!!

「うちの兵力低い」

「え？　軍からも探すつもりだったの!?」

「クリスお兄様は、私に全部回れって……」

「違う違う。いやそうだけど、半年くらいかけてゆっくりとね」

「遅くなった人、文句言いますよ」

「……確かに」

こういう時、みんな自分のところを優先させてくれって言うでしょ。それによって、自分達は辺境伯に重要だと思われている！　とか言い出すわけよ。

「氷の人は？」

「うち専属の魔道士のアリッサだよ」

この方、アラサーですって！

七年前に旦那さんに先立たれて、それからはずっとひとりで生活しているんですって。それで精霊に話しかけていたならちょっと寂しいけど、精霊獣になれば会話出来るんだよ。やるでしょ！

「軍かあ。ふたりくらいならなんとかなるかな」

「海軍と騎士団ひとりずつ。精霊獣にする方法教えます。精霊のいる場所を探せば、新しい精霊に出会えるかも？」

「いい売り文句だけどね、ディア、四歳児っぽくするの諦めた？」

「そういうことを言うのなら、クリスお兄様とはお話しません」

「え？　ごめん、もう言わない。ディアはいつもアランとばかり仲良くしていてずるいよ。そうだ。ディアが精霊を探しに行く時は僕も一緒に行こう」

クリスお兄様は、レックスやブラッドにシスコンだと言われるくらいに、本当に私によくしてくれる。

でも私は、お兄様なら私を理解してくれるなんて思えるほど、素直な子供じゃない。

就職してひとり住まいして、東京という大都会で生きて、嫌なニュースをたくさん見てきたし、嫌な人にもたくさんあった。

だから疑ってしまう。

もし私に異世界の知識があると知ったら、利用するために私を囲い込もうとするんじゃないかって。

この世界が政略結婚当たり前の世界なら、それもいいかと思えたかもしれない。

でもこの世界は、貴族でも恋愛結婚が多いんだから私だって恋愛したいもん。

前世では独り身だったしね！

だから、私は発想の面白い子。

とんでもないことを思いつく変な子供。

そう家族にも思っていてほしい。

「ディア？　怒ったのかい？　もう本当に言わないよ」

「ううん。行くならどこがいいかなって考えていました」

「きみの行きたいところに行こう」

「うーーん。チーズが欲しいです」

「え？　なんで突然チーズ？」

「北側の高原地域に行ってみたいです」

「あいかわらずディアの思考は面白いなあ」

◆

そして翌日にはアリッサ以外にもふたり、人員を確保してくれたよ。

クリスお兄様マジ有能。

そこから私の地獄の特訓が始まり……はしない。

アリッサも軍所属のふたりも職業魔法使いだから、あとは対話するだけ。

丸一日、他のことはさせないでずーっと精霊に話しかけてもらって、ちゃーんと三人共精霊獣に進化させたよ。

幼女が見張っている前で光の球にずーっと話しかけるのは、精神的にかなりつらかったらしいけど、結果オーライでしょ。

四人で手分けすれば、すぐに領地内を回れるぞ！

って思ったのに。

「皇帝一家が一週間後にこちらに来られるそうだ」

第二回家族会議発動ですよ。

一週間後ってどういうことさ。忙しい方達なんだよね。

因みに精霊獣達は、元の光の球の姿に戻れます。便利。

そして前回私の精霊獣は、小型化していたらしい。大きさはある程度、自由に出来るみたいよ。

みんなが精霊獣を持てるようになって、ずっとその姿のままだったら、どれだけ部屋を大きくしないといけないか大問題になるところよ。

「おいでになるのは夏だと思っていました」

「精霊王と面会して、すぐにお帰りになるそうだ。ディアは精霊達と湖に行って会っていただけるか精霊王に確認してもらいたい」

「はい」

「当日は、皇宮から宮廷魔道士が何人か同行するそうなので、ディアもその場にいてほしい」

「どういうことですか」

クリスお兄様の声が低くなる。

お父様は困った顔で頬を掻きながらため息をついた。

「精霊王についても精霊獣についても、文献には記されていても実際に会った者が、今の宮廷にはいないのだ。そこに突然、我が領地だけに様々なことが起こっているのが、特に宮廷魔道士達には納得出来ないようだ」

「精霊については第一人者だと自負していたでしょうからね」

「ディアの存在も信じられないらしい」

そりゃね、四歳で全属性コンプして、そのうち火と水が精霊獣で、しかも精霊王に気に入られて祝福されちゃっているからね。

その道で一生懸命やってきた人達にとっては、許せない存在だよね。

「その人達は、氷や竜巻魔法使えますか？」

「魔道士長と副魔道士長は三属性持っていて、他は二属性だったかな、使えるそうだよ」

「じゃあ、帰りは精霊獣を連れて帰れるように特訓です」

「あの、彼らはそれなりに身分の高い……」

「特訓です！」

文句を言う暇があったら学ぶがよい！

吐くがよい！

気絶するがよい‼

いやほんとたのむわ。

私だけが特別と思われるのは困るのよ。

「精霊王の森を開拓する時に、彼らは異を唱えなかった。だから私があそこは精霊王の森だったと言っただけで、信じるわけにはいかないというのもあるのだ」

「精霊王に会えば、どうせそういう話になるのにですか？」

「予定が合わないなどと理由をつけて、会えないで終わる可能性があると思っているんだろうさ。なかには、海の幸が豊富だという以外なにも特色のない避暑地が、客を集めるために適当なことを言いだしているという者もいてな」

「父上、そういうやつらのリストを作ってください」

クリスお兄様が悪そうな顔をしている。

でも私もどちらかというと、やられっぱなしは性に合わない。

我慢していれば相手がわかってくれるなんてありえない。

あそこには手を出したら損だと思わせたほうがいいでしょう。

精霊王に会った後に確認したら、ウィキくんにはちゃんと精霊王のいる場所が明記されていた。

皇宮にも文献が残っているんじゃないの？

それか、過去の権力争いとかでわざと廃棄されてない？

異世界から転生してきて、この世界の人達より精霊について詳しくなれたのはウィキくんのおかげだ。

でもこのスキル、最近使ってないのよ。

理由は三つあって、まず第一がやれることが増えたせいで、ウィキくんを見る時間がないってこと。

赤ん坊の時とは違って、昼間は家庭教師に礼儀作法や勉強を教わったり、騎士団訓練所に行っているし、夜は疲れてすぐに眠くなっちゃう。

それにひとりの時ってなかなかないのよ。

私が何かやらかすとでも思ってるんじゃないかってくらい、誰かが傍にいるから見る機会があまりないの。

第二に、特に人物について調べるのはやめようって決意したから。

赤ん坊の時にベリサリオ辺境伯の項目を調べたでしょ。

その時にお父様とお母様の項目も調べちゃったの。

ふたりは学生時代に知り合って、熱愛の末に結婚。家族を大事にしているって大まかにいうとそういうことが書かれていた。

見た後にね、ほっとしたの。書いてあるのが幸せな内容だけでよかったって。

実は愛人がいるとか、過去に悲しい経験があった場合、私は普通に接することが出来ないかもしれない。

それに自分だったら知られたくない個人的なことを覗き見されたら、その人とは付き合いたくないもん。

第三に、これが一番問題なんだけど、ウィキくんはちゃんと更新されるのよ。情報が現在進行形で新しくなるみたいなの。

それに気付いた時にぞっとしてしまった。

怖くない？　誰が更新しているの？

魔法が強くなるとか走るのが早くなるスキルなら、訓練した分強くなっていくのは理解出来る。

でも何もしなくても情報が更新されていくスキルって、おかしいよね。

諜報活動しなくていいの。

戦争に使ったらやばくない？

使えるかわからないし、活用出来る力が私にはないけど。

それにね、産業革命を起こすような項目とか、自然破壊につながりそうな知識は書かれていないの。そこに意図を感じる。

このスキルをくれたのが神様だとしたら、精霊と人間の関係をどうにかするために私を転生させたんじゃないかと思うのよ。

精霊の育て方も進化の仕方も知らないままだったら、最悪この国は砂漠化していたかもしれないんだから。

ただ私の第一目標は、平和に家族と過ごして恋愛することだから。

危ないことには手を出さないよ。

そこは私を選んだのが失敗だったってことで、神様に諦めてもらいたい。

あ、だから私なのかな？

◆

そして一週間後、やってきました皇族との初遭遇。

クリスお兄様は皇宮に何度か行ったことがあるそうで、初めてなのはアランお兄様と私だけ。

朝早くに叩き起こされて、朝食の後に湯浴みさせられて、髪を結われてドレスを着せられた。

「本当に素敵ですわ」

「妖精のようですね」

ダナとシンシアが満足そうなため息をついているけど、私はもううんざりしちゃって、不満げに鏡を睨みつけている。

外に行くのに、髪をそんなに細かく編まなくてもいいじゃない。

頭皮を引っ張られるのが嫌だし知っているから、ゆるく後ろでまとめてはくれているけど、リボンが……ひらひらのリボンが……。

うん。忘れるな。私は四歳児。

リボンをたくさんつけていてもおかしくない。

ふわっふわの白いドレスにもピンクのリボンがついているけど、それもかわいいはず。

「このドレス、誰が買ったの？」

「辺境伯様の皇都のお土産です」

犯人はお父様か！！！

「……似合ってますよ」

「今日は走らないでくださいね」

黙れ、執事ども！

肩が震えているだろ。笑いたければ笑え!!

「あれ？　今日はお嬢様みたいだね。化けたね」

「今日は走っちゃ駄目だよ。イフリーに乗せてもらう？」

お兄様ふたりは私のことをよく理解してくれているけど、それが妹に言うセリフか。

あ、イフリーは私の火の精霊の名前です。

水の精霊がリヴァ。風の精霊がジン。土の精霊がガイア。

どこから引っ張ってきた名前かは……まあ……ね？

オタクだからいろいろと。

ともかく目立たないように、悪い印象を持たれないように、皇族と宮廷魔道士達との初対面を終わらせなくてはいけない。

それが今回のクエストの目標よ！

転送陣の間に続く部屋で、私達はお客様を出迎えるらしい。

ここに入るのも初めてだから、飾り気の少ない防御重視の内装をきょろきょろと見てしまう。

十分ぐらいは待たされたかな。

転送陣の間に続く両開きの扉がゆっくりと開き、まず護衛の近衛騎士がふたり部屋に入ってきた。

近衛騎士団って、いずれアランお兄様が所属する予定の職場よね。

紺色に白と黒のラインの入った制服が格好いい。

そうか。いずれこれを着るのか。似合いそう。

お父様と言葉を交わしていたみたいだけど、それはあまり聞いてなかった。

お父様の斜め後ろに立って、ちょっと隠れながらじーっと見上げていたら、近衛騎士の人は居心地悪そうに視線を泳がせている。

次に、マクシミリアン将軍にエスコートされてエーフェニア陛下が部屋に入ってきた。

将軍はやっぱりでかかった。

ごつい！　でかい！　こわい！

顔を見ようとするとほとんど真上を見上げないといけない。

意外だったのがエーフェニア陛下。

もっと大柄な方かと思っていたけど、お母様とあまりかわらない。

波打つ見事な赤毛に、光の加減で金色に見える薄茶色の瞳の意志の強そうな美人だ。

ウエストを細く絞って襟を大きくしたスーツの上着に似た服に、薄い布を二重にして細かいひだをつけた足首までの長さのスカートを履いている。

仕事をする女性はこういう服装が多い。

もちろんコルセットなんてしなくていいんだよ。

それは正式な茶会か、夜会や舞踏会の時だけ。

あるいは自分より身分の高い方にお会いする時だけ。

なので、お母様はきちんとしたドレス姿です。

第一皇子のアンドリュー様は、クリスお兄様と同い年でもう何度もお会いしたことがあるらしい。

この冬からは御学友になるわけで、仲がいいみたいで紹介された時に目を見交わして微笑んでいた。

ちょっと、私の中のお腐《くさ》れ様が喜ぶからやめて。

将軍の血を引いてるだけあって、皇子はふたりとも大柄なのよ。

長めの赤毛を後ろで結わいたアンドリュー皇子は、将軍譲りの男らしい顔立ちに女帝陛下譲りの金色の瞳できらっきらしてる。

その隣に、さらさらの銀色がかったブロンドの髪で美形のお兄様が立つわけですよ。

やばい。素敵すぎる。

私、部屋に籠って執筆作業していていいですか？

あ、だめだめ。私は腐ってないから。

ピッチピチの生身だから。

可愛い四歳児だから。

第二皇子はエルドレッド様。

私の一つ年上で五歳。

まあ、ただの子供ですわ。

五歳にしてはでかいし、赤毛で金色の瞳で十年経ったら女の子に囲まれていそうだけど、私とは関わり合いにならないでくれればそれでいい。

皇子なんて、しかも美形なんて、私の傍に近づいてほしくない。

呼吸するにも気を使わないといけない気がする。

臭いとか思われたら立ち直れないもん。

「そして、この子が長女のディアドラです」

いつの間にか、私は紹介されていたらしい。

お腐れなことを考えている場合じゃなかった。

「お初にお目にかかります。ディアドラ・エイベル・フォン・ベリサリオです」

ドレスを摘まんでカーテシーを行い、ふと視線をあげたら、その場にいる全員が希少種でも見つけたみたいな真剣なまなざしで私を見ていた。

「ほお、きみがディアドラか。これは可愛らしい」

エーフェニア陛下は、私の顔と私の頭上に並ぶ全属性の光の球を見比べながら微笑んだ。

お母様は素敵な人なのよとよく言っているけど、それはお友達だからだ。

油断のない眼差しで私を見ながら、頭の中はフル回転でいろんな計算をしていそう。

そりゃそうよね。皇帝だもん。この人の決断ひとつで、国が滅びることだってあるんだから。

将軍のまなざしも同じ。

ただ彼は、私よりお父様の様子を油断なく見つめている。

精霊王と繋がりを持ち、私という娘を持つお父様が今後、どのような態度で何を求めるのか、宮廷での発言権がどれほど強まるのか、将軍としてはそれが気になるのだろう。

「クリスが弟や妹を自慢していたのも無理はないね」

アンドリュー皇子は優し気な笑顔を私に向けてから、クリスお兄様に話しかけた。

この子も内心は穏やかな気分じゃいられないだろうな。

今のままだと彼も第二皇子も精霊を手に入れることは出来ないんだから。

ただそれは、森を壊して精霊王を怒らせた大人達のせいで、皇子達には何も問題がないんだってことがわかったのはよかったんじゃないかな。

「後ろにいる五人が宮廷魔道士どもだ。こんなに多く連れて来てすまんな。どうしても精霊獣や精霊王をこの目で見たいとうるさくてな」

皇帝一家が横にずれると、転送陣の間から黒いローブに身を包んだ五人の男が姿を現した。

先頭にいるのは三十代半ばくらいかな。陰気な顔で栗色の髪がぼさぼさだ。たぶん彼が宮廷魔道士長なんだろう。三属性の精霊が右肩の上で漂っている。

彼のすぐ後ろにいる副魔道士長は、二十代半ばのなかなかに綺麗な顔をした人なんだけど、不健康そうに細くて姿勢が悪い。そして彼も興味津々な顔で私を見ている。

他の三人も魔法や精霊について調べることには興味があっても、自分の見た目にはいっさい興味がなさそうだ。

こんなにのめり込んでいるのに精霊と対話してないってことは、研究しすぎて視野が狭くなってしまっていたのかな。

なんというか、オタクの一団と遭遇した感じ。

私にとってのオタクってアニメが好きとかゲームが好きなやつじゃなくって、自分の好きな物へののめり込み度がハンパないやつのことなのよ。

ただアニメが好きなだけじゃなくて、監督や声優や制作会社まで調べちゃうとかね。

広い意味で言うならば研究者もオタクだよね。

のめり込んだ物が仕事になっているか、趣味になっているかの違いだけだ。

「その子供がそうですか。精霊獣はどこです？　出して見せてください」

魔道士長が前に二歩くらい歩み出てこちらに近づきながら、急かすように言ってきた。

敵意があるんじゃなくて、早く見たくて仕方ないって感じ。

私も好きが高じて薄い本まで出して、不規則な生活して、それが原因で死んじゃうくらいだから、たぶん彼等とは仲良くなれそうなんだけど、絵面が悪い。

前のめりに幼女に近づいてくるってやばいでしょ。

それに私が下手に答えると話がややこしくなりそう。

私はお父様の上着をぎゅっと掴んで、背後に隠れた。

「挨拶も名乗りもせずに、我が子を直接脅すとは。宮廷魔道士長は余程身分が高いのですな？」

私の頭を撫でながら、お父様が怒りの籠《こも》った声で言った。

あれ？　私が答えるよりやばい空気になってない？

「精霊獣が見たいなら、あとでゆっくりとご覧ください。うちの領地ではすでにディア以外に三人が精霊獣を持っていますから」

やばい。

クリスお兄様までもが冷ややかな口調で言いながら、私を守るように前に出ている。

アランお兄様なんてお父様の後ろに回って、私と手を繋いで大丈夫だよって言ってくれている。

宮廷魔道士長は四歳の幼女を怖がらせた我が家の敵になっている。

だから、見た目も大事なんだよ。

髪をちゃんと梳《と》かせよ。

「あなた達、エーフェニア様の御前ですよ。このくらいで怒らないで」

「いや、今のは魔道士長が悪い。そんな失礼な態度なら皇宮に戻れ」

「申し訳ありません。精霊獣に会えると聞いて気が急いてしまいました」

お母様と陛下のおかげで、少しだけ空気がやわらかくなった。

「魔道士長と副魔道士長は氷魔法が使えるそうですな」

「はい。ここにいる五人とも使えます」

「ならば帰る時には、ぜひ自分の精霊獣を連れて帰ってください」

「は？」

「ディアドラが精霊を精霊獣に進化する手伝いをするそうです。そうだな、ディア」

お父様にポンポンと愛情をこめて頭を軽く叩かれて、私はひょいっと顔を出して魔道士長を見上げた。

「はい。頑張ります」

私が頷くと黒いローブ姿の魔道士達が、期待の籠った眼差しで笑顔を向けてきた。

うん。その笑顔もちょっと怖いぞ。

お兄様達の顔が引き攣《つ》っているぞ。

でも研究一筋の魔道士には、子供との接し方なんてわからないよね。

異性との接点もなかなかないんだよね。

やだ。前世の私を見ているようで、涙がこぼれそう。

「剣精も精霊獣になるのか？」

太い声で突然将軍が聞いてきた。

「なります。普通の精霊とそれは同じです」

「おおそうか」

将軍は火の剣精がいるから、気になっていたんだろう。

「時間がもったいない。いつまでもここで話さないで湖に向かおう」

「そうだったな。では、案内してもらおうか」

魔道士達に精霊獣について説明するために、アリッサが協力してくれることになっていたので、屋敷を出たところで合流した。

彼女は水の精霊獣を出したままだったので、魔道士達が彼女の姿を見つけた途端ダッシュしたよ。もうびっくり。この運動不足間違いなしの集団が全速力だよ。

驚いたのはアリッサの方だよ。

突然、黒ローブ姿の男に囲まれたら怖いっつーの。

「おまえら、いい加減にしろ!!」

陛下に怒鳴られても、彼らは何が悪かったのかきっとわかっていないいな。

アリッサの水の精霊は金魚みたいな水色の魚だった
体に比べて大きくてひらひらの尾びれを揺らして、それは優雅に空を泳ぐ。

湖への道を歩くアリッサの周囲を、ふわふわと泳ぐ魚を観察したくて、反復横跳びしながらついていく副魔道士長、怪しいからやめなさい。

私に話しかけたくて、周りをうろうろする魔道士長も怪しいからやめなさい。

クリスお兄様はアンドリュー皇子と、アランお兄様はエルドレッド皇子と話をしながら歩いている。

年齢的にも同じ時期に学園に通うことになるし、今から親しくしておくのはお互いにとってプラスになるし、性格的にも仲良くなれるんじゃないかな。

私はいつもどおりふたりの執事に守られている。

今日は人数が多くて、私専用の護衛はいないの。精霊獣がいるしね。

木漏れ日に照らされた小径はそよ風が涼しくて、あまり外に出る機会のないエーフェニア陛下は楽しそうに将軍と談笑しながら歩いていた。

草原は誕生日パーティーの時とは違ってひっそりとしていて、湖はどこまでも澄んで静かで美しかった。

「じゃあお願いね」

私の言葉にイフリーとリヴァが精霊獣の姿になると、魔道士達がどよめいて近づいて来ようとして近衛兵に止められている。

とうとう近衛兵にまで危険だと思われているじゃん。しょうがないなあ。

『精霊王、おられるか』

『おお、来たか』

声と共に湖面の表面が光り輝き、やがてその光が空に浮き上がると共にスモークブルーの髪の美しい男性が姿を現した。

もう私は何度も会っているので、すっかり近所のお兄さん気分の水の精霊王だ。

私にとっては顔見知りでも、皇帝一家や魔道士にとっては初めて会う人外だ。

姿の美しさも存在感も威圧感も、人間とはまるで違う様子に呆然としている。

「精霊王、今日は願いを聞き届けてくださりありがとうございます」

『かまわぬ。そこの者が土の精霊王の森を壊した皇帝か』

「知らぬこととはいえ、申し訳ありません」

皇帝が頭を下げると、続いて将軍も皇子達も魔道士達も跪《ひざま》き頭を下げた。

私達家族は彼らの会話の邪魔にならないように、脇に退いて静観の構えだ。

下手に口出ししては駄目だってお父様に注意されているし、怖くて口出しなんて出来ない。

『我に謝っても意味がない。あの地は我の領分ではないからな。そこの辺境伯に頼まれたから、土の精霊王に話をしてみたが、今更知るかとそっぽを向かれた。どうしても自分達と話がしたいというのなら、森を同じ場所に元通りにして返せとの話だ』

「それは……」

無理を言う。

今から木を植えても、森に育つまでには何年もかかる。

その前に、その場所にはもう家が建ち人が住んでいる。

でも精霊からすれば、自分達の住処は壊しておいて人間の住処は壊せないのなら協力なんてしないという、わかりやすい言い分なんだろう。

『彼らはもう新しい住処を探していた。その地に拠点を移せば皇都は砂漠化する。学園周辺の森も消え去るだろう』

まじか。

もうそんな話になっているのか。

「わかりました。あの地に住む人間を移住させ、再び森に戻します。どうか暫くの猶予をいただきたい」

「私からもお願いしたい。此度のことは我らの無知が招いたこととはいえ、精霊王に敵対する気は毛頭なかったのだ。一度でいい。我らと会って話をしていただきたい」

『何度も言うが、我には関わりのないこと。話を通すのは一度きりという約束だ』

「くっ……」

「そこをなんとか……」

『ならば言葉より態度で示して見せればいいだろう』

女帝と将軍が人間を移住させると言っているのに、なんとも冷たい態度だ。

私達家族に接する時とは別人のよう。

『時にディアドラ』

やめて。

私に振らないで。

『おまえのことを他の精霊王に自慢したらな、ぜひ会いたいと言い出してな』

「……瑠璃《るり》」

『ふふふ。そなたに名をもらったと話したら、皆《みな》も欲しがっていた』

勝手に自分達でつけあえばいいじゃない。

精霊獣に名前を付けたら羨ましがったから、仕方なくつけてやっただけなのに。

『我ら四人とおまえだけが出る会合だ。その場なら、土の精霊王も少しは態度をやわらげるかもしれぬ』

皇帝一家がはっと顔をあげ、期待を込めた眼差しを向けてきた。

え？　これ、失敗したらやばいんじゃないの？

成功しても、もっとやばいんじゃないの？

私、皇都砂漠化を救った幼女になっちゃうんじゃないの？

目立ちたくないんだって。

そっとしておいてほしいんだってば。

『おまえが我ら四人との会合に出てくれるのなら、我ら四人は今後おまえの後ろ盾になろう』

「あの……それはどういう……」

『おまえの意に添わぬことをする者は排除する。国がおまえの意に添わぬことをした場合は、全ての精霊がこの国を去る』

……え？

……はい？

「ディアドラ、ありがたく受けておいたほうがいいお話だと思うよ」

クリスお兄様に言われて驚いた顔を向けたら、真剣な顔で頷かれた。

「いつか、精霊王の庇護が必要になる日も来るかもしれない。きみはもう目立ちすぎている」

「……やっぱり？」

『どうする、ディアドラ』

「会合に出るのはいいのです。喜んで。ただあの、土の精霊王にお話する自信がなくて」

『ははは。あまり心配するな。では話はこれで終わりだ』

は？

皇帝一家がわざわざ来たのに⁉

今のやり取りで終わり⁉

「えーーーーー‼」

『精霊王が揃ったら迎えに行く』

「私の都合は無視ですか‼」

それはそれは楽しそうに笑いながら消えていく精霊王を、唖然と見送る私達。

湖に石をたくさん投げ入れてやろうか。

「クリスお兄様。くそめんどくさいことになってしまいました」

「そんなことないんじゃないかな。たぶん、きみが顔を出すことに意義があるんだよ。普段のままできみは面白いから大丈夫。それより、四人の精霊王という後ろ盾が出来たってことが重要だよ」

いやそれやばいだろう。

うちの発言力をどれだけあげるつもりなの。

「まだ四歳の子供に大役をまかせてすまない。だが頼む」

「おやめください。エーフェニア陛下」

女帝が頭を下げようとするのをお父様が慌てて止めた。

「私達も帝国の国民なのですから、皇都が砂漠化するなんて事態を放置は出来ません。我が娘が役立つのならこんな嬉しいことはありませんよ」

「辺境伯。なにか希望があったら言ってくれ。そなた達がいなければ我が国はペンデルス共和国のようになっていたかもしれない」

もとは一つの国だったのに砂漠化によって往来が厳しくなり、独立する地域が増えてしまった結果、共和国としてどうにか国としての体裁を整えている状態になっているのがペンデルスだ。

「特に希望と言われましても……おお、そうでした。他の精霊王のいる地域の領主達との会合の場を設けていただきたい。今はまだ我が領地と一部の皇宮の人間しか今回のことを知りません。他の地域も精霊王の怒りを買わないうちに、我々が知った情報を伝えないと」

「それは……私が主催して場を設けるということか？」

「はい。そのつもりで話しておりました」

あくまで皇帝が中心で話を進めているということにしないと、全てお父様の実績になってしまうもんね。

それに精霊王のいる地域同士が手を組んだりしてもやばいし、他の地域への情報の伝達や、精霊の育て方のレクチャーなんていう面倒な仕事も残っている。

「そうか。わかった。急いで場を設けよう」

「ありがとうございます。それとディアドラについてお願いが」

また注目の的です、私。

もうね、悪意とか好意とかじゃなくて、この子なんなの？　って視線なの。

なんでそんなに精霊に好かれちゃってるの？　って視線。

私が聞きたいわっ!!

どういうこっちゃねん!!

「他領で精霊についての説明が必要な場合は、宮廷魔道士の方々にお願いしたい。そのためにもぜひ、精霊獣を手に入れて帰っていただきたい。ディアドラはまだ四歳です。彼女と精霊王との繋がりを広めないでいただきたいのです」

ありがとー!!　お父様!!

もうこれ以上の注目はいりません。

お父様の要望を快く受け入れて、皇帝一家は皇都に帰っていった。

もっといろいろ吹っ掛けられてもおかしくないのに、私のことを広めないだけでいいならお安い御用だよね。

宮廷魔道士達はさすがにオタクだけあって、魔力量も多く、精霊との対話もそれは楽しそうにやっていた。見ている方がつらくなるくらいに。

ただ魔力量を測る道具があって、それで私の魔力量を測ったら魔道士長より多くて、かなり驚かれた。

「生まれてから三年以上、魔道具の玩具で遊び、精霊と遊び、魔力を使い切って気絶して、目覚めたらまた使い切るまで遊ぶを繰り返していましたから、そりゃ誰よりも多いでしょう」

クリスお兄様が説明してくれていたけど。

天才ってこわい。

なんでばれたんだろう。

おかげで宮廷魔道士達から、師匠と呼ばれるようになったよ。

うちのお兄様達マジチート

皇帝一家が帰って今日で三日。

城の中は、まだどこか落ち着かない空気が満ちている。

その理由のひとつは、精霊獣を手に入れたというのになぜか毎日誰かしらが顔を出す魔道士共だ。

特に副魔道士長。なんで毎日来ているんだよ！

あんた、絶対アリッサ狙いだろう！　未亡人に惚れただろう！

だったら髪型をどうにかして来い。ちゃんと飯を食え。目の下の隈《くま》をどうにかしろ。

全く関係のないやつなのに、応援したくなってしまうじゃないか。

でもたぶん、今のところ全く相手にされていない。

第二の理由が、夏に向けて大勢の客人を滞在させる準備が始まったからだ。

精霊に魔力をあげることと、対話が必要なことは皇帝陛下から正式に国中に知らされた。

でも具体的にどこでどうすればいいか、魔力はどのくらいあげないといけないのか、他にも聞きたいことはいろいろ出てくる。そこで宮廷魔道士達が活躍するはずなんだけど、あいつらもまだ勉強中で私のところにやってくる。

そのうえ、どうもベリサリオ領の貴族達の持つ精霊の数が急激に増えているらしい。

持っている精霊の大きさが我々とは違うらしい。

精霊獣なるものがベリサリオにはたくさんいるらしい。

皇帝一家が公務に穴をあけてまでベリサリオ領を訪れたらしい。

これだけいろいろと噂が流れたら確認したいでしょう？

それで、城の別館になっている夏期の客人のための宿泊施設を使いたいとの申し出が、日を追うごとに増えているの。

今からすぐにも泊まりたいという人もいるのを、準備があるからと理由をつけて待ってもらっている状態なのよ。

「コルケットとノーランドの辺境伯がいらっしゃるのは、五日後？」

「そう聞いております」

北の高原地域のコルケットと東の大草原を領土に持つノーランドは、お父様と同じ辺境伯の治める領地だ。

つまり田舎。

風の精霊王の住むコルケットは、一部がうちの北側のお隣さんだから、うちの領地内の北部と気候が似ている。

高原地域はあれよ、北海道よ。

北海道は高原じゃないけど、たしか町民の数より牛の数が多い町があるのよね。コルケットもそうなの。

地平線まで牧場が続き、ところどころに白樺並木があってその下が道だよってわかるようになっている。

そこに牛や馬が放し飼いにされて、のんびりと草を食んでいる牧歌的な世界。そこがコルケット。チーズや牛乳などの乳製品が有名だし、家畜を魔獣から守るために、冒険者が多く雇われている地域でもある。

火の精霊王のいる東のノーランドは、ザ・辺境。

見渡す限りの草原にもその周囲の森にも魔獣がたくさん。

空にはワイバーンが飛んでいて、たまにはドラゴン目撃情報も出る。

武器防具や魔道具を作る職人達や、素材を集める冒険者が城壁に囲まれた都市で生活しているイメージ。突然のファンタジーでしょ？

うちは辺境伯の中では都会組なのよ。

よっぽど森の奥深くや、山の上の方に行かないと魔獣なんていないから。

「冒険者も精霊獣を持てたら、だいぶ戦力あがるもんね」

「牧場経営者や商人だって、精霊獣と生活出来たら安心感が違いますよ」

「平民は魔力量が少ないから複数持つのは難しいでしょうけど、精霊が多いと農作物にもいいんですよね。それは重要ですよ」

皇帝陛下とお父様の説明を聞いたのに、どうしても一度私に会わせてくれとうるさくて、五日後に将軍と辺境伯三人と私とで会合を開くことになったの。

「精霊王との接し方を学びたいんでしたっけ？」

レックスがお茶の準備をしてくれるのを、ぼんやりと眺めながら私は頷いた。

「精霊王に会う気があるかどうかは疑問ですね」

ブラッドにも今は土の精霊がついている。

騎士団の人達の前に、城内で働いている者達が湖や周囲の森に行って、精霊と対話する機会を与えられたから。

一度やり方の説明を聞けば、あとは好きな時に好きな場所でさりげなく声をかければいいのよ。

城内の庭にも精霊はいるはずだから。

「それよりも夏に向けて何か欲しいのよ」

「何か？」

「せっかく精霊日当てにお客様が来るんだから、また来たいと思わせる何かが欲しいの。うちの別館てどんな造りなの？」

「さあ？」

私の執事は客の相手は仕事じゃないからな。知らなくて当然か。

「見に行きたいわ」

「また無茶を言いだしましたよ、このお嬢さん」

「散歩してたら来ちゃった！　じゃ駄目？」

「この城の広さをわかっていますか？　城内で遭難できますよ」

まじか、そんなに広いのか。

誰かちょっと日本に行って、チャリかセグウェイ持ってきて。

「旅先なのに普段住んでいる屋敷と同じじゃつまらないでしょう？　そのあたり、ヨハネス侯爵はうまいと思うのよ。だからうちの別館もちょっと変えられたらなって」

内政に口を出したり、異世界の物を広めたりはしないつもりだったけど、精霊について説明するために領内を回って、観光客が減っているせいで寂れてしまっている町を見てしまったのよ。農業やお茶を作っている村や町はいいの。観光を主産業にしている町をどうにかしないと。

「その話を、どうご主人様に提案なされるつもりなんですか」

「うーーん。そこが問題よね」

「僕が話してあげようか？」

背後から声が聞こえると同時に、部屋の扉がスーッと開いた。

「ふーん。僕が指摘すると怒るのに、執事とはそんな風に話していたんだ」

なんでお兄様がふたり揃って立っているの?!

ここ、私の私室だから。家族で使う居間やティールームじゃないから。

前触れなく乙女の部屋に来ちゃ駄目でしょう。

すっかり気を抜いてたじゃないか。

「ディアは僕や兄上より、彼らと仲良しなんだね」

眉尻を下げて悲しげな顔でアランお兄様が言うのを聞いて、私は慌てて立ち上がった。

「そ、そんなことないです!!」

「僕の信用がないせいだよね。どうしてだろ?」

クリスお兄様は、アランお兄様の背中を押して部屋の中に入り、扉を閉めて鍵までかけた。

こわい。怒っている。

「いつからそこにいらしていたんですか?」

ブラッドは別の意味で怖がっている。

元冒険者のアサシンとしては、盗み聞きしていたのに気付かなかったのはショックなんだろう。

「侍女が出て行く時に、どうせ中に入るからって扉を閉めないでもらったんだよ」

シンシアが出ていったのって、どのくらい前だっけ?

別館を改装したいって話は間違いなく聞かれたわ。

「それとほら」

クリスお兄様が掌の上に土の精霊を乗せてみせると、アランお兄様も手を緑色に光らせた。

「土の精霊は防御魔法に秀でているだろう？　それでいろいろ試していたら気配を消す魔法を覚えたんだ」

「風の精霊は声を遠くに運んでくれるんだよ」

うちのお兄様達、まじチート。

転生したら、私よりその世界の人達の方がチートでした。

おかしいだろ、九歳と六歳児！

「どうもきみたちはまだディアの置かれた状況がわかっていないみたいだから、今日はゆっくり話そうか」

「レックス。悪いけど僕達もお茶をもらっていいかな」

私を通り越して、テーブルを挟んだソファーに腰をおろすふたりを、呆然と見つめるしかない。

いつもは私が嫌がるから気付かなかった振りをしてくれていたけど、今日はそれでは許してくれなさそう。

「ディア、そんな青い顔をしないで。倒れそうになっているから座って」

「クリスお兄様……あの……」

「もう少し平和的に話をしようと思っていたんだけど、そこの執事達には子供の振りをしていないと知ったら、そりゃむかつくよね」

「兄上が外面《そとづら》悪いのがいけないんじゃないかな。変な噂を聞いたんだよ」

「その噂、誰がディアの耳にいれたんだろうね」

にやりと片方の口端だけあげてブラッドに視線を向けるクリスお兄様。

ばれている。

「でもそのあとブラッドは、お兄様ふたりとも私に甘いとか愛されているとか言っていました！」

「確かにいろんな噂を話したのは俺です。そのあと実際に家族で御一緒のところを見て、使用人相手と家族相手ではやはり違うと訂正はしました」

「それは間違っているよ。信用出来る相手や仕事の出来る使用人にだって、きちんと接しているよ」

「あの、でも何人もクビにしているというのは本当ですか？」

レックスが紅茶を前に置くと、クリスお兄様は軽く会釈してそれから私に視線を向けた。

こういうところは、ちゃんとしているんだよね。

「本当だよ。最短二十分でクビ」

「それは噂になりますよ」

「僕のところに来る側近や執事って、誰が探してくると思う？」

就職情報誌なんてないもんね。

「領内の貴族や身元のはっきりしている人の紹介？」

「そう。使用人ひとりひとりの背後に誰かがいるんだよ。ああ、全員がそうじゃないよ？　父上や僕が気に入って働いてもらっている人も、少しずつ増えている。ただ僕はまだ幼いでしょ？」

「え？」

「は？」

そこで呆れた顔をするな、執事ども。

私と違ってクリスお兄様とゆっくり話す機会なんてないから、想像以上に話し方や表情まで大人なんで驚いてしまっている。

おかしいんですよ、この子。

たぶん前世の世界にいたら、メンサにはいってますよ。

「紹介者に弱みを握られていたり性格に問題があったり、仕事の出来ないやつはすぐにクビにするのは当たり前だよね」

「あの、いいですか？」

「はい、どうぞブラッドくん」

「最初から仕事の出来る奴ばかりではないと思うんですが。自分で育てる気は？」

「やだなあ。いい大人の使用人が、九歳の僕に育ててもらわないといけないのかい？」

「あーたしかに。年齢がもうわからなくなってきた……」

「一番問題なのはね、教えてモノになればいいけれどそのまま惰性で雇い続けるとね、僕が成人する頃には、僕の近くで長年働いてきたっていう実績が出来ちゃうことだよ。仕事が出来なくても、新しく雇った者より立場が偉くなってしまう。それからだと扱いが困るでしょ」

ああ、やっぱり私は普通のＯＬでしかない。そんなことを考えたことなんてなかった。

爵位を継いで、うるさい貴族共を束ねて、領民と国境を守らないといけないクリスお兄様は、私とは違って何年もあとのことも考えているんだ。

私なんて行き当たりばったりだよ。

勢いでどうにかしようとしちゃうよ。

おかげで精霊王や皇帝一家の前で目立ちまくって、すっかりやばい状態だよ。

「申し訳ありません。そこまで考えていませんでした」

「いやかまわないよ。きみの仕事はディアを守ることだ。彼女ひとりでは集められない情報を集めるのも仕事だとわかっている。今回は僕のやり方にまずいところがあったから、こうしてディアに警戒される結果を招いたんだから、これは僕の落ち度だ」

「それに兄上は、使用人に厳しくたってディアには優しいよね。たまにちょっと気持ち悪いくらいディアのこと好きだし。なのになんで警戒するの？」

「おまえだって話してもらっていないんだから、同じように警戒されているんだよ」

「僕も？　なんでさ」

ここまでの会話の内容に問題なくついてこられているのはおかしいよ、六歳児。

クリスお兄様のおかげで目立ってないけど、アランお兄様も方向性が違うだけで油断ならない。

なんなの、うちの兄弟。

遺伝子がおかしいの？

いや、この世界にはまだ遺伝了なんてわかるやつはいないな。

この場合は、お父様の子種がおかしいの？　かな。

あ、これ四歳児じゃなくても御令嬢が口にしたら駄目な台詞だ。

「ディア、聞いている？」

「はい」

「僕としては、ディアが僕を警戒する理由がわからないんだ。何が問題なのかな？」

前世の記憶があるのが問題なんです。

お兄様達は頭がいいから、隠しておく自信がないんです。

だからこういう会話はしたくなかったんです。

そんなこと言えるかーー!!

「お嬢、それは俺達も聞きたいと思っていましたよ」

「うんうん。どう考えてもこのおふたりは味方になってもらったほうがいいですって」

ブラッドやレックスまで言いだした。

え？　ぶちまけちゃって平気？

もういっそ、全部話してすっきりしちゃう？

「もしかして」

なかなか私が答えないから、クリスお兄様が口を開いた。

「ディアは爵位が欲しいのかな？」

ブラッドとレックスがぎょっとした顔で私を見て、アランお兄様はちょっと首を傾げてじーっと私を見ている。

「爵位？」

私は何を言われたかわからなくて、ぼんやりとクリスお兄様の顔を見返した。

うん。やっぱり天使。美少年。

「父上の後を継いで辺境伯になりたいのかなって？」

「え？　は？　えええええ⁉」

「あれ？　違う？」

「ないないないない。私女だし？」

「皇帝陛下も女性なんだよ？　我が国は女性でも爵位を持つのは認められているよ」

「そんな気ないです！」

「そうなの？　ディアなら仕事も問題なく出来るだろうから、やりたいなら譲ろうと思ったんだけど」

何を言っとんじゃ、あんたはーーー‼

執事がふたりとも口をあんぐりと開けて固まってるじゃないかーー‼

「爵位とか、そんな面倒なことやめてください！」

「めんどう……」

「お父様の様子を見れば忙しさがわかります。事務仕事は多いし、うるさい貴族の相手はしないといけないし、収穫の心配までしてるじゃないですか。ありえない。そんな責任重大な仕事はしたくありません」

「僕が継ぐんだけど」

「お役目ご苦労様です‼」

「えー、僕は宰相か外相になろうかなと思ったんだけど」

「外相いいですね。私、外国に旅行に行きたいです」

「じゃあ、アランに後を継いでもらって、ふたりで旅行に行こうか」

「旅行と跡継ぎ問題は関係ないよね！」

ほら、ちゃんと話についてきてる。

むしろ、私の執事達がついてこれていない。

「うーーん。そうなるともう、警戒される理由が思いつかないな」

「あの、自分の置かれている立場がっていう話を、ちらっと聞きたいなーと」

「ディアは可愛いからそれだけで注目の的だったんだよ。そこに頭がいいって話が加わって、全属性持ち精霊獣持ち。ほら、ここまででもすごいだろう？」

「あんまり……」

「ああ……城にいるとわからないか。父上は出来るだけ表に出なくていいようにしようとしているけど、うちは避暑地だし、学園に行くようになれば直接いろんな領地の子供と会うよね」

そりゃ夏に遊びに来てくれたお客様には会わないとね。

学園は行ってみないとわからないけど、歳が近ければ会う機会も多いよね。

「外国の王族も留学してくるよ」

はあ？　そんな進んだ学園なの？

つか、王族の子供どれだけいるんじゃい。

「何年もしないうちに、きみを手に入れようと大勢の人が動き出すと思って覚悟した方がいい」

「いくらなんでも大袈裟では？」

「どうして？　だってきみがその気になれば、国のひとつくらい簡単に滅ぼせるんだよ」

「……へ」

「そこの精霊王のせいで」

クリスお兄様が視線を向けた先を追って振り返ると、水の精霊王が楽しそうな顔をして笑っていた。

『酷い言いようだな。受けた方がいいとあの時勧めていなかったか？』

今まで戸外でしか会わなかったから、自室に精霊王がいるのって違和感が半端ない。

精霊王を包む淡い光がとても幻想的で、余計に現実ではないように感じる。

でもここ、女の子の部屋なのよ。不法侵入よ。

「提案された時点で受ける選択肢しかないじゃないですか。あそこで断ったら、危険な存在になる前に取り込もうと、皇宮に連れていかれたかもしれません」

え？　あの時、そんな危険があったの？

誰か教えてよ。せめて考える時間をもう少しちょうだいよ。

『口にした時点で返答にかかわらず後ろ盾になることは決めていた。彼女の意志に反して動いた時には、あの場でこの国の精霊全てが皇帝の敵になっただろう』

待って。本当に待って。

軽い雰囲気で交わす会話の中に、そんな重大な事態になる決断を紛れ込ませないで。

胃が痛くなるわ!!

「……そんなにディアを気に入っているんですか」

「でも、私が力を悪い方向に使おうとしたら、精霊王だって協力しないですよね」

『悪い方向とはなんだ？　立つ位置によって悪は変わる。我らはおまえを信じ、おまえと共にあることを決めた』

つまり他の人にとっては最悪の決断であっても、私が選んだのなら問答無用で実行するってこと!?

「こわいこわい。そんな力、絶対使えない」

『そんなおまえだから信じたのだ』

優しげな微笑を浮かべて精霊王が私に近付こうとした途端、アランお兄様がテーブルの上に乗り、私を抱え上げた。ガチャンと音を立ててカップが床に落ちるのにもかまわず、精霊王から視線を外さないまま、クリスお兄様に私を手渡す。

クリスお兄様は私を受け取って自分の隣におろし、そのまま肩を抱いた。

『どうした？　会合の話はしたはずだ。迎えに来ただけだ』

アランお兄様はテーブルの上に片膝ついてしゃがんでいる。

どう見ても臨戦態勢です。

「お兄様？　突然どうしたんです？」

「精霊王様、まさかこのままディアを精霊の国に連れて行ってしまおうなんて思っていません？」

『なんの話だ？』

「気に入った人間を精霊の国に連れて行ってしまったことがあると、本に書いてありました」

『……ああ、そうかそうか。それでか』

アランお兄様の言葉に、水の精霊王は声をあげて笑い出した。

『ディアドラ。兄達はおまえが心配で仕方ないらしい』

「はい？」

『おまえは家族と別れて我らと共に来る気があるか？』

「え？　ないです。家族と離れたくありません」

『だそうだ。この娘の後ろ盾になると言いながら、悲しませるようなことはしない。彼女が望めばいつでも連れて行くがな』

ようやくほっと息をついて、アランお兄様がテーブルを降りて私の隣に並んだ。

「つれていく？」

そんな危険があったのかよ！　と言いたげなブラッドの横では、レックスがお兄様ふたりの連係プレイに興奮気味な顔になっている。

だよね。格好良かったよね。

私、ヒロインみたいだったよね？

宅急便の荷物をトラックに積むために、引き渡したみたいじゃなかったよね？

「失礼しました」

クリスお兄様が頭を下げ、少し遅れてアランお兄様も非礼を詫びた。

でもふたりとも、私の肩や腕を掴んだまま離さない。

『ディアドラ。このふたりは信頼に値しないか？』

精霊王は、たぶん私が転生者だとわかっている。

今日の会合ではその話も出るんだろう。

顔を左右に動かして、ふたりのお兄様の顔を見る。

ふたりとも、どんなに頭がよくても大人っぽくても、体格は子供だよ？

なのに大人だって勝てない精霊王相手に迷いもせずに、私を守ることだけ考えてくれていた。

「値します。大好きなお兄様達です」

ぎゅっとふたりの腕を抱え込んだ。

「嫌われちゃうかもしれないけど、お兄様達に聞いてほしい話があるの」

「嫌う？　ありえない」

「そうだよ、僕達はなにがあってもディアの味方だ」

ううう……。迷っていたのが申し訳ないよ。

『では行くか』

「え？」

今から?!

本気でこっちの都合を聞く気はなかったんかい!!

「精霊王は長生きなんですよね？　ドラゴン時間じゃないんですか？」

『ドラゴン時間？』

ファンタジーでよくあるでしょ。

長く生きる種族は時間の感じ方が違うのよ。

「用事があるからちょっと待って」って言ったら「ちょっと？　一週間くらいか？」って言われちゃうようなやつよ。

『ふむ。わからなくはないが、皆暇を持て余していてな。面白そうだとすぐに来た』

すぐが三日後か。

微妙だけどずれはあるのかな？

『兄妹そろって預かると辺境伯に伝えておけ』

「誘拐犯みたいな台詞言ってる！」

「待ってください。俺も一緒に……」

『本来はディアドラひとりの予定だった。これ以上は許さん』

「夜までには戻ってくるからって父上に伝えておいて」

『何日かゆっくりして行ってもいいのだぞ』

なにか事故でもあった場合のことを考えると、辺境伯の子供三人が同時にいなくなるのはまずいと思うんだけど、お兄様達はふたりとも残るとは言わなかったし、私を離さなかった。

心配そうな執事ふたりに大丈夫だよと手を振っていたら、視界が優しい光に包まれて、何も見えなくなってしまった。

転生した理由

光がゆっくりと薄れて周囲が見えるようになってきて、まず思ったのは湖じゃないんだなってことだった。

廊下……なんだろう、たぶん。

壁と天井が白くて床はダークグレイ。

全体的にぼんやりと優しい光に包まれている。

ちょっとＳＦっぽい？

手が汚れているといけないので、ごしごしとハンカチで拭いてから壁にそっと触れてみる。

つるつるではないけど触り心地はいい。

床は石を磨いたのかな。

「ディア、何をしているのかな？」

クリスお兄様に呼ばれてはっと顔をあげたら、お兄様ふたりと水の精霊王と、いつの間にかいた可愛い女の子に注目されていた。

「なにで出来てるのかなーと思って」

「突然しゃがんで床を擦るのは、女の子としてどうかと思うよ」

困り顔のクリスお兄様の横で、アランお兄様と精霊王が俯いて肩を揺らしていた。

笑いたければ笑っていいのよ？

『満足したか？』

「はい！」

元気よく立ち上がって、女の子の案内で緩いカーブの付いた廊下を進むと、突き当りが木目の見える白い扉になっていた。

知っている材質だけど、扉は楕円形だ。角がない。取っ手もない。

『皆様こちらでお待ちです』

扉は自動ドアだった。

左右に開く引き戸じゃないわよ。

一瞬で扉が消える自動ドアよ。

その先は三十畳はありそうな広い部屋だ。

天井はドームになっていて、ここも全体的にほんのり明るい。

「ここは水の中ですか？」

アランお兄様が急に駆け出したのでそちらに目を向けたら、正面の水色の壁に見えていたのは水だったらしい。

ガラス窓じゃないの。手を伸ばすと水に触れるの。

なのに部屋の中に流れ込んでこないし、魚が泳いでいるのが見えるの。

「すごい」

『気に入ったか』

ハスキーな男の人の声が聞こえて、ようやく私は部屋にいる人達に気付いた。

キノコの傘の部分をまっ平らにしたような大きなテーブルが置かれていて、その周りに置かれたクッションに座っているのが三人の精霊王だろう。

人をダメにするクッションてあったでしょ？

すっぽり身体を包んでしまうような大きなビーズソファー。

見た感じはあれ。

やばい。座りたい。

「それでこの子が妹のディアドラです。ディア、クッションに夢中になる前にご挨拶」

クリスお兄様が紹介してくれていたのに、私は夢中でクッションを見てしまってた。

だって懐かしい。

なんの飾りけもない無地の布に包まれた大きなビーズソファーなんて、こっちの世界にはなかったもん。

「初めまして」

『あなたがディアドラ？　本当に小さいのね』

『ベリサリオの人間はおもしろいわね。羨ましいわ』

『いいだろう？　我のことはこれより瑠璃と呼んでくれ』

『名など必要あるまい』

『ならばおまえは貰わねばいいだろう』

『むむむ……』

ハスキーな声の正体は、燃えるように赤い髪と褐色の肌。ギリシャあたりの彫刻のような見事な筋肉をした火の精霊王だ。

火だから暑くて薄着なのかな。ノースリーブですよ。

肩から二の腕までの筋肉っていいよね。

動きやすさ重視なのか、ぴったりとしたパンツにブーツ姿なのが、ほら。

水の精霊王との姿や服装の差がね、素敵でね。

このツーショットをネットにあげたら、一部から熱狂的な反応が返ってくると思うわ。

風の精霊王と土の精霊王は女性だった。

風の精霊王は緑色の髪なのに違和感が仕事しないってすごい。

ポニーテールにした豊かな髪がふわふわと肩に流れていて、大きな瞳が好奇心いっぱいでこちらを見ている。

スレンダーだけど出るところは出たモデル体型で、白い薄手のドレスの上に透けるターコイズグリーンの丈の長い上着を羽織ってる。

土の精霊王は、一言で言うと豊満。ボンキュッボン!!

露出度の少ない飾り気のない生成りの衣を着ているのに、とんでもなく色っぽい。

でもけっしていやらしくなくて、包み込んでくれそうな優しい感じがする。

薄茶色の髪を編み込んで、服がシンプルな分、髪や首にたくさんの飾りをつけていた。

ともかく美男美女が大集合ですよ。

人間離れした美形がここまで揃うと、ＣＧの世界に迷い込んだ気分よ。

『好きな場所に座るといい』

お許しが出て嬉しくて、お兄様達より先にクッションまで走って近づいた。

子供がでかいビーズクッションに乗るのは大変だよ。

よじ登ったよ。

上であおむけになったら角度が悪くて、天井しか視界に入らない。

でも起き上がれなくてじたばたしていたら、土の精霊王が抱き上げてちょうどいい角度で座らせてくれた。

「ありがとうございます」

『いやー、かわいいわあ。持って帰りたい』

「駄目です!!」

慌ててお兄様達が駆け寄ってきたら、今度は火と水の精霊王が、ふたりを私と同じクッションに座らせてくれた。

子供とはいえ、三人も座れる大きなクッションによじ登った私すごいでしょ。

『三人並ぶともっとかわいい!!』

『この果物、食べてみろ』

『ねえねえ、アランくんだっけ？　土の剣精持ってないのよね。私が……』

『おまえ達、少しは落ち着け。子供らが困っているだろう』

水の精霊王の住居に来たら大歓迎されました。

お兄様ふたりとも固まっています。

私にしがみついています。

うん、まかせろ。女は度胸だ。

「本日はお招きいただきありがとうございます。まず私からお聞きしたいことがあるのですがよろしいでしょうか？」

背筋を伸ばして私が言うと、精霊王達はそれぞれ椅子に座って話を聞く体勢になってくれた。

『話してみろ』

火の精霊王の言葉に他の精霊王達が頷く。

「私がどういう存在か、皆さんは知っているんですか？」

『知っているわよ』

『魂の形が変わっているもの』

『転生する前の記憶を持っているのだろう？』

水の精霊王があっさりと重大発言かましてきた!!

「わーーーーん。早い早い！　ちゃんと私からお兄様達に説明させてください!!」

『おお、そうか。ではしばらく待とう』

うわ。話しにくい。

どういうことなの!!　って顔で両側からお兄様達にガン見されてる。

それを精霊王達が、ほのぼのとした顔で見守っている感じがもう。

この人達あれだ。見た目はどうあれ、もう何百年も生きている爺さん婆さんだから、孫が遊びに来た感覚だ。

かまいたくってしょうがない感じ。

「転生って、生まれ変わりってことだよね」

「はい。クリスお兄様。私は生まれる前の記憶を持っているんです。以前の私が暮らしていたのは、魔法がなく、精霊もいない代わりに、文明が発達した世界でした」

「一度死んでいるの？」

気持ち悪がられたらいやだなと思っていたけど、クリスお兄様はいろいろと聞きたい様子で、アランお兄様は死んだ記憶があることを心配しているみたいだ。

「はい。病気……なのかな。両親を残して死んでしまって。親不孝しちゃった」

「両親？　兄妹もいたのか？」

「姉と妹が」

「……会いたいよね」

「生まれたばかりの頃は会いたくて悲しかったけど、今はもうお兄様達がいるし、お父様もお母様

も大好きですよ」

両側から抱きしめてくれるお兄様達。

ほら、天使でしょう？

もう日本に帰れないけど、家族の愛に包まれて私は幸せに暮らしています。

今度こそ、両親に親孝行して、結婚して、旦那様と仲良く穏やかに暮らすんだ。

「それで子供らしくなかったのか」

「クリスお兄様よりは子供らしいと思います」

「いくつで死んだんだ」

「女性に歳の話はしちゃだめです」

とてもじゃないけど、アラサーなんて言えない。

嫌でしょ、そんなの。

それだけは墓まで持っていく。

「大人じゃなかったんじゃない？　走り回っているし、抜けてるし」

「頭はいいんだけどな。あの行動は大人じゃないな」

「それはほら、子供の振りをしないといけなくて」

「演技？　あれが？」

あ、思っていたのと別の意味でも、今更アラサーだって言えなくなった。

『病気だったんでしょう？　なら、元気になったんだから走りたいわよね』

『恋人はいなかったの？　結婚は？』

「結婚してません。恋人もいません」

「そうか。病気で……」

「子供っぽいのもそのせいか」

あれ？　私、病弱で薄幸《はっこう》な女の子だったと思われていない？

それに、さんざん子供らしくないと言われてきたのに、今度は子供っぽいって言われてるんですけど。

解せぬ。

クッションが大きすぎて身動き出来ない私とお兄様達のために、ふわふわと浮いている女の子やここに案内してくれた女の子が、果物を手渡してくれたり、天然果汁百パーセントジュースを持ってきてくれた。

私達の精霊は、四人も精霊王が揃ってしまっているせいで緊張しているのか、背後に固まっておとなしくしている。

でもいつもより光が強いのは、この場所の魔力量が多いんだろうな。

「こんな簡単に信じて受け入れてもらえると思いませんでした」

「こんな状況で嘘はつかないだろう」

「ディアが変わっている理由がわかったし」

『ならば我らからの話を聞いてもらおうか』

一番話しにくい部分を説明出来たから、今の私はすっきり元気。

お兄様ふたりが理解者になって味方になってくれるのが、こんなに気持ちを軽くしてくれるなんて思わなかった。

ただ九歳と六歳に安心感を得るアラサーというのが、なんとも情けない。

犯罪も事故もあるけれど、現世では楽な人生を送らせてもらっていたんだな。

『ディアドラは自分だけが転生者だと思っているようだが、それは違う。この世界の人間は、おまえと同じ転生者かその子孫だ』

「はあああ!?」

『ただ、記憶を持っているのは、今はおまえだけだ』

『おまえのいた世界は人間が多くなりすぎた。もう転生した人間を受け入れる余地がない』

『あそこまで自然を破壊したのだもの。あの世界にはもう精霊はいないのよ』

厳しい顔で腕を組む火の精霊王と、呆れた顔でため息をつく土の精霊王。

そうか、人間はあの世界でさんざん自然環境を破壊してきたのに、この世界でもまた精霊王の住処を破壊してしまったのか。

ああ、それでウィキちゃんに自然破壊につながる項目がないんだ。

『勘違いしないでね。他所の世界のことであなた達を責める気はないの。私達が守らなければいけないのはこの世界のこの国なの。そしてあなたは、人間と精霊が共存出来るようにと、神が記憶を持たせたまま転生させてくれたのだと思うわ』

『この国の人間達は、我々との共存の仕方を忘れてしまっていたからな』

『だから、思い出させてくれたあなたにはお礼が言いたいのよ』

『水の精霊王の得意げな顔が気に入らないがな。おまえ達の領地だけ、精霊の数が急に増えていやがる』

『瑠璃と呼べと言っただろう』

優し気で豊満な土の精霊王と好奇心旺盛で表情がころころ変わる風の精霊王。それに火の精霊王と水の精霊王が並んでしまったら、萌えのオンパレードよ。

もうさっきから話を聞きながらワクワクドキドキ。

隠し事がなくなって気楽だから余計に、雑念なく萌えられる。

あ、雑念だらけだった。

「つまり、あの世界で死んだ人はみんなここに来るんですか?」

『そんなことしたら、今度はこの世界が人間だらけになるじゃない。ここは開発させないわよ。持ち込む知識も気を付けてほしいわ』

『彼女は大丈夫だろう。どうやらあの世界での国や人種、仕事や志向によって転生先がいくつか分かれているようだ。もちろん、そのまま同じ世界に転生する者が一番多い。この世界は比較的のんびりとした人間が転生するようだな』

うーん。ヒロイックファンタジー好きが来る世界なのかな。

万歳、スローライフ的な。

てことは、好きなだけ科学を使って発達させてみろや！　って世界や、ガンシューティングのゲームみたいなヒャッハー！　な世界もあるのかも。

うん。転生したのがこの世界でよかった。

神様、ありがとう。

「人間が増えすぎないように魔獣がいて、人間が自然を破壊しすぎないように精霊がいるんですか？」

『そんな難しく考えなくていいのよ。私達は人間と仲良く暮らしたいだけ。あなた達が私達の存在を認めて対話してくれたから、仲間がたくさん育ち始めているわ。今度の秋は楽しみにしていて。豊作にするわよ！』

うわーい。これでうちの領地だけ大豊作になったら、また大騒ぎだぜ。

エーフェニア陛下の立場がまた悪くなるぜ。

どうすんだよ、魔道士共。

「元の世界は文明が発達してたんだよね？」

アランお兄様に聞かれたので頷いた。

「じゃあ、この世界はディアには住みにくくない？　ディアはこの世界の学者より知識があるかもしれないんでしょ？　話していてイライラしない？」

心配そうなアランお兄様が可愛くて、無言でぎゅっと抱きしめてしまった。

「ディア？」

「ぜんぜん住みにくくないです。毎日、楽しいです」

「本当？」

「はい。私よりクリスお兄様の方が頭がいいですよ。それは……知識はいろいろとあると思いますけど、広めても平気だと思えるもの以外は話しません。それに、お兄様達がもし違う世界に行ったら何を広めますか？」

「え？　わからない」

「僕達は子供で広められることなんか……あ、ディアも子供だったのか」

「病気で走れなかったんだ」

それは違うんですけどね。

転生や転移したって、一般人の広められることなんてたいしたことないでしょう。

手に職のある人や専門職の人は別として、ＯＬじゃあ知識が限られている。

私にはウィキちゃんというチートスキルがあるけれど、世界の常識がひっくり返るようなことは責任取れないから広めたくない。

そしてなにより、私の目標は家族と平穏に幸せに生きること！

精霊と共存する方法を広めるのが転生理由なら、私はもう任務完了したも同然よね。

あとは国中に広めれば、外国にだって広まるでしょう？

そしたら、転生四年目にして私は自由よ!!

「あ、私はうちの領地を観光地として人気のスポットにしたいです」

「スポット？」

「私、料理が出来るので、名物料理を増やしたいですね」

『おお、異世界の料理か。我らにも食べさせてくれ』

「下着も変えたいです」

「え？」

「ドレス可愛いのに、このだっさい下着はなんなんですか。ありえない！」

ドン引きするな、男ども！

下着、重要だろう。

可愛くて心地いい下着は女性を幸せにして、同時にその恋人も幸せにするんだぞ。

「そういえばこの世界の男性はどんな下着をはいているんですか」

『どんなってこんな……ぶっ』

ズボンをおろそうとした火の精霊王に、風の精霊王が無言で魔法をお見舞いしていた。

人間だったら一撃で御臨終だわ。

『見せるな。馬鹿！』

『下着をはいているんだからいいだろう』

『よくないわ！』

誰か私にカメラちょうだい！

ビデオカメラだともっといい！

録画させて!!

「ディア、その話は帰ってからでも出来るだろう?」

「はい。もう子供の振りはしなくていいので、これからはクリスお兄様に相談させてください」

すっごくうれしそうな顔で頭を撫でてくれる。

転生した話をしたのに、ここまで対応が変わらないってなんなの?

お兄様達の中で、私の存在は大人びているけど四歳児のままってことはないわよね。

最近は子供の振りをするのがめんどくさくて、だいぶ本性さらしていたからなあ。

もしかして今更なのかしら。

え? それって大人としてどうなの?

精神年齢子供だったたってこと?

やばい。否定出来ない。

「それよりも他にしなくてはいけない話がありますよね」

この場にいる者達の中で、ちゃんと話を進めようとしているのは、クリスお兄様だけだ。

精霊王達は時間が有り余っているから、話を進めようなんて気はないし、もともと私に会いたかったただけ。

『名前だな』

「え?」

『そうよそうよ。ルフタネンの精霊共が名前をもらったたって喜んでいて悔しかったのに、今度は水の精霊王まで！』

「ルフタネンって南の島国ですよね。そこの精霊王は名前があるんですか？」

『二百年くらい前にあそこにも記憶持ちの転生者が現れたのよ。そういえばあなた、風の精霊だけいないじゃない。連れて帰りなさいな』

「ありがとうございます」

風の精霊王が掌にふうっと息を吹きかけたら、緑色の淡い光が生まれてふわふわとクリスお兄様の元に飛んでいく。

これでクリスお兄様も全属性持ちよ。

『ならば、我も精霊をやろう』

『ちょっと待って。全部剣精より水は普通の精霊がいいわよ。回復魔法覚えるもの』

『おお、そうだな』

『土は防御をあげられるから、剣精にするわね』

『いっそ精霊獣にしてしまうか』

「待って。やめて。悪目立ちしすぎるから!!」

これで兄妹そろって全属性コンプリートなのよ。

うちの国で、三人だけなのよ。

辺境伯は広大な領地と軍を持っているの！

貿易で隣国との繋がりも強いの！

それで精霊王に精霊獣をもらったなんてことになったら、下手したら国がひっくり返るわ！

「自分で対話して育てた精霊だからこそ、大切に出来ると思いますので、精霊獣は遠慮させてください。いなかった属性の精霊をいただけたおかげで、精霊を探す時間を他の地域に行く時間に当てられます」

『コルケットに来てくれるの？　だったら人間に会ってもいいわ』

『俺のところは魔獣が多いからな。人間の住処の傍にも精霊はいるが、俺のいる場所には精霊獣がいないと来られないぞ』

こっち見んな！

四歳児に魔獣のいる草原を走破させようとすんな！

『瑠璃というのはどういう意味なの？』

精霊王が四人もいて、それぞれが思いついたことを話すから、ちっとも話が進まない。

ようやく風の精霊王が名前の話に戻ってくれた。

「色の名前です。前世で住んでいた日本という国では、ラピスラズリを瑠璃とも言うんです。その石と同じ綺麗な青色を瑠璃色って言うんですよ」

『ほう。ラピスラズリか』

『いい名前だ』

『ルフタネンの水の精霊王の名前はモアナだったかしら』

和気藹々《わきあいあい》という雰囲気で話した後、期待を込めた眼差しを向けられた。

そりゃ用意はしてきたよ。

ひさしぶりにウィキちゃん大活躍よ。

「同じように色の名前で選んできました。気に入ってもらえるといいのですが」

『おお。私は何？』

「翡翠《ひすい》です」

風の精霊王は翡翠。翡翠色は、ラピスラズリと同じパワーストーンである翡翠という石の色だ。

土の精霊王は琥珀《こはく》。上質なウイスキーを琥珀色って言うわよね。

天然樹脂の化石の名前も琥珀。中に虫やアンモナイトが入っている物もあって、それはちょっと気持ち悪いけれど、色は綺麗なのよ。

そして火の精霊王は蘇芳《すおう》。

苦労したのよ、この名前。

これは花の名前で、蘇芳色って火の色からは遠いんだけど、炎に近い色で和名って、緋色や紅？それだとピンと来なかったし、石の名前だと珊瑚や紅玉くらいしか見つからなかった。なので蘇芳。

『似合っているわよ』

『よし、これからはこの名で呼び合おう』

私は生まれた時に名前をもらっているから、あって当たり前だけど、自分だけの名前があるって重要よね。

各国に精霊王がいるのなら、今までどうやって呼び合っていたんだろう。

『ありがとう、ディアドラ。とても嬉しいわ』

「気に入っていただけたのなら、私も嬉しいです。それであの、皇帝に会っていただく話なのですが」

『そうねえ』

『会ってやるくらいかまわんだろう』

『直接文句を言ってやればいい』

水の精霊王……もとい、瑠璃と蘇芳が肩入れしてくれたのに、琥珀は天井を見上げて考え込んでいる。

森が壊されたことで多くの精霊が消えて、住処を追われて、簡単に許せない気持ちはわかる。

でも人間を嫌ってはいないと思うの。

私にもお兄様達にもとっても優しい。

「皇帝にはふたりの皇子がいるんです。彼らに全く精霊がいないというのは、跡継ぎとしては問題があって、このままだと国が荒れて精霊にも影響が出てしまいます」

頑張って。クリスお兄様。

私は全力であなたを応援します！

応援だけしか出来ないけどね！

『あら、あの子達は駄目よ』

「駄目？」

『魔力なさすぎ』

『魔力量調べられるんでしょ？　見てごらんなさい。三人の中で一番少ないアランちゃんの半分もないから』

なんですとーーー!!

「あああああ。物理攻撃する職業を目指しているからって、魔力を増やしていないんだ！　でも剣精にも魔力が必要なのは、将軍ならわかっているんじゃないんですか？」

「アランちゃん……」

ちゃん呼びでへこたれるな、六歳児。

「あの、アランくんでお願いします。お兄様が……」

「ディア！」

『きゃあ、かわいい。アランくん、こっちでお菓子食べましょう』

『赤くなってる』

余計なことを言ってしまったらしい。

アランお兄様が琥珀と翡翠に攫《さら》われた。

向こうで挟まれてかまい倒されている。南無。

「なんの話でしたっけ」

「魔力量」

アランお兄様が困っているのを、クリスお兄様はにやにやして見ている。

なんなら、あなたも巻き込まれてみるかい？

「クリスお兄様も……」

「ディア」

「はい」

「話を戻すよ。将軍は別格なんだよ。皇帝と結婚するために魔力量を増やしたんだ。魔力量が高いほど、元気で才能豊かな子供が生まれるって言われているんだよ」

おおう。皇帝に釣り合う男になるために魔力をあげたら、偶然、剣精が育ってしまったでござる。

剣精にも魔力が必要とは、誰も知らなかったでござるなのか！

「なんでそんなにいろいろ忘れているの!!」

「ディアはなんで知っていたの？　元の世界に精霊はいなかったんでしょ」

「だから楽しかったんです。魔法も精霊も珍しくて、せっかくだからいろいろやってみたかった」

「それで気絶するまで魔力使っていたんだ」

「私のことより今は皇子の話です」

「魔力を増やしてもらうしかないね。魔道士長はディアの弟子なんだから働いてもらおう」

あいつら、本気で私の弟子のつもりなの？

どうなっているんだ、皇宮は。

『皇帝は住民を移動させて森を復活させてもいいと言っていたぞ』

『そんなことをしたら精霊達が恨みを買うじゃない』

「あの、学園の森では駄目なんですか？」

『あそこがどれだけ寂しい場所だか知っているの？　子供達は冬しか来ないから、寒くて外には出ない。他の季節は建物の管理をする人しかいない。なのに、万が一があってはいけないからと、森にいた大きな動物達は排除されたわ。周囲は人間の住む場所だから、新しい動物は入って来ない。あそこは動物がいないまま取り残された陸の孤島なの』

ちょっと責任者出せ！

一発殴らせろ！

もう皇帝でも構うものか。

皇子に精霊がつく要素がひとつもないじゃんか！

◆

精霊王達との会合を終えて屋敷に戻った時には、すでに日が落ちて星が出ていた。

屋敷内はもう大騒ぎですよ。

お父様もお母様も私とお兄様達を抱きしめて泣いていたもん。

話をするとは聞いていたけど、突然連れ去られるとは思わないよね。

急いで宮殿に手紙が届けられて、異例の速さで返事が届き、それから何度もやり取りが行われたらしい。

さすがに私に内容までは教えてくれないから、詳しいことは知らない。

でも精霊王の住む場所を領地に持つ辺境伯との会合に、皇帝と将軍と補佐官、そして宰相が参加すると言い出して、皇宮に来てくれと言われたのをうちがごねて、学園で会うことになったっていうのは聞いた。

よかった。皇宮には行きたくない。

皇宮って魑魅魍魎《ちみもうりょう》がいる気がする。

きっと置いてある花瓶ひとつも高価で、壊したりしたら物理的に首が飛ぶんだ。

ティーカップひとつで平民家族が何日も生活出来ちゃうんでしょう？　って、クリスお兄様に言ったら、ディアの使っているカップもそうだよと笑顔で言われた。

「全部、私の使う食器は木製にしてください！」

「冗談だよ。そんなに高くないよ」

「あ、自分で店で買ってきます。ちょっと出かけてきます」

「悪かったたって。急に出かけようとしないで。ブラッド!!」

瀬戸物屋に出かけるだけで、なんでそんな大騒ぎなんだろうね。

城の外に出たことがないから、そろそろお出かけしてもいいお年頃だと思うんだ。

自分の住む街がどんな場所か知りたいよ。

城から見下ろすだけじゃわからない。

「父上、ディアが外に興味を持ち始めました」

「なに！　門兵に伝えておかないと」

「いえ、あの子なら壁をよじ登るかもしれません」

待ていｌ　三階分くらいはある壁を、どうやってよじ登るんだよ！

クリスお兄様は、私をどんな奴だと思ってるの？

内緒で抜け出したりしたら、周りの人達に迷惑がかかるでしょ。

中身はれっきとした大人なんだから、執事や侍女がクビになるようなことはしません。

精霊のいない森

そして会合当日。

お父様に連れられて初めて転送陣の間に入り、魔法陣の上に立つ。

学園周辺は冬以外閉鎖されていて、本来は十歳に満たない者は立ち入り禁止なので、お兄様達も訪れるのは初めてだ。

「転送します」

精霊王に連れられて行った時のように光に包まれることもなく、転送は一瞬で、瞬きしているうちに風景が変わっていた。

転送の間を出たところは二階まで吹き抜けの広いホールで、ソファーセットが何組か置かれている様子は、大企業ビルの受付前のロビーのようだ。

今年の冬からここに通うクリスお兄様のために、一階の奥に食堂があり二階から上が居室だとお父様が説明していた。

教室のある建物にも食堂があるのに、ここにもあるらしい。あまりお金のない家の子供も食事が出来るように、それぞれの食堂は無料なんだって。

色ガラスのはまった大きな扉を護衛が開けて、先に何人か外に出ていく。

それぞれの執事とお父様の補佐官がひとり、そこまではわかるんだけど、私達家族四人になんでこんなに護衛がついているの？

ぐるりと囲まれて、周りの景色が見えないくらいよ。

私なんて小さいから上を向かないと、みんなの腰しか見えないわよ。

「父上は過保護ですね」

「ディアに変な虫でも付いたらどうする。攫《さら》われたらどうするんだ」

「精霊王がその相手を消してくれるんじゃないですか？」

「彼は、無断でディアの部屋に入って連れていった前科があるだろう!!」

瑠璃、ちゃんと謝っておかないとまずいよ。

お父様を悲しませたくないから、このままだともう二度と遊びに行けなくなっちゃうよ。

学園を会合の場所にしたのは、森の現状を確認しておきたいという理由もあった。

扉の外は大きな公園で、その周りをいくつもの建物がぐるりと取り囲むように建っている。建物は全て学生寮で、領地ごとに分かれているらしい。

「ようこそいらっしゃいました。管理人のルドルフです。ご案内させていただきます」

深々と頭を下げたのは、執事服を着た初老の男性だった。

公園を横切り、綺麗に手入れのされた花壇が両脇に続く小径を進む。

今日の会合は森でおこないたいとお父様がお願いして、テーブルや椅子を用意してもらったのだ。

森は静かだった。

日本にいた頃、友人と行った旅行先や家の近所の林も確かこんな感じだったと思う。

そうか。今まで気付かなかった。

城内の湖の周りの森は、もっとずっと賑やかなんだ。

精霊は見えなくてもあそこにはたくさんいて、彼らが葉を揺らしたり、煌めいたり、水に波紋を作ったり。慣れないとホラー映画の舞台になりそうなほど、怪奇現象がたくさん起きていた。

それが当たり前で誰も驚かない。またいたずらしているなって思ってた。

ここにはそういうのは一切ない。

鳥の声さえ聞こえない。

「これは……」

「瑠璃様は人間に近付けないとは言っていたけど、精霊がいないとは言っていませんでしたよね」

「でもいないよね」

風が吹けば枝葉が揺れて、ザザザと音がする。

木漏れ日が揺れて煌めいて、穏やかな日差しは暖かい。

でもこの森は映画のセットのようだ。

精霊がいないだけで、こんなにも違和感があるとは思わなかった。

「おや。もうおいでになっていましたか」

「おひさしぶりです。ベリサリオ辺境伯」

森の中の広場に置かれた大きな木製のテーブルには、刺繍の入った綺麗なテーブルクロスがかけられ、お茶と軽食が用意されていた。

すでに席についていた中年のふたりの男性が立ち上がり、わざわざこちらまで来て出迎えてくれた。

恰幅のいい少し薄毛の四十代半ばの男性が、風の精霊王が住む北の高原地域を領地に持つコルケット辺境伯だ。

精霊が増えれば豊作になるばかりでなく、家畜が健康になり牛乳や肉の味がよくなると聞いて、非常に乗り気になっている。肩の上にいる土の精霊が結構大きくなっているから、頑張って魔力《えさ》をあげているんだろう。

もうひとりが火の精霊王のいるノーランドを治める辺境伯だ。

蘇芳も精霊獣がいないと自分がいる場所には来られないぞと言っていたとおり、ノーランドは雄大な自然と大草原と魔獣が有名な地域だ。

ノーランド辺境伯は自ら魔獣と戦うこともあるという偉丈夫で、五十を超えていると聞いていたけど年齢よりずっと若く見える。

彼は風の精霊と土の剣精を持っている。こちらもちゃんと魔力《えさ》をあげているみたいだ。

軽い挨拶を交わした後、ふたりは意味ありげな顔で私達に何歩か近付き、

「お感じになりますか？」

「この森、変ですよね」

他に誰もいないはずなのに声を落として言った。

「我々も、今ちょうどその話をしていたところです」

「ほう」

「やはり気のせいではありませんでしたか」

彼らの目は、クリスお兄様の頭上でふわふわ揺れている四色の精霊に向けられたのち、私の肩の上の精霊に向けられ、最後にアランお兄様に向けられた。

「本当に全属性持っているんですな。それに皆さんの精霊は大きい」

「きみは剣精を持っているんだろう？　私も土の剣精がいるんだ。よければあとで話を聞かせてくれないか」

「はい」

挨拶が終わり揃ってテーブルに移動しながら、なぜかまたふたりの視線が私に向けられる。

「噂では聞いていましたが、いやあ、かわいらしいお嬢さんですな」

「姿を見た人が少ないので、妖精なのではないかと言われているらしいですよ」

私が⁉

もうオジサマ方、お上手なんだから。

フラミンゴピンク色のドレスなんて着せられても、我慢していたのが報われたわ。

ピンクに白いレースがひらひらって、日本じゃ絶対に着なかったもん。

まあ似合っているんですよ、この子は。

紫色の瞳なんてエリザベス・テイラーかっつーの。

いまだに朝起きて自分の顔を鏡で見て、うおって言いながらのけぞるわよ。

そのたびにダナやシンシアに残念な顔をされるのが、もう日課よ。

「皇帝陛下がお見えになりました」

席につく前に知らせが来て、私達は全員、テーブルの前に並んで頭を下げた。

男性は胸に右手を当てて頭を垂れ、私は右手を胸に当てて左手でスカートを摘まむ。

私的な集いや夜会や舞踏会、茶会では両手でスカートを摘まむ挨拶。謁見の間や公式の集い、要はお仕事の席では片手でスカートがこの国のルール。

「ああ、そんなかしこまらなくてかまわんぞ。今日、この場では身分は気にせずに遠慮なく発言してくれ。子供達もだ。その言葉で罪に問われることはないと断言しよう」

来た早々にこの発言。私達が何か言うんじゃないかと思っているのかな。

エーフェニア陛下とマクシミリアン将軍が先に並んで席につき、それぞれの補佐官がふたりずつ後ろに立って並ぶ。将軍の横に宰相のダリモア伯爵が、皇帝の横に魔道士長がいるし、彼らの後ろにも補佐官と副魔道士長が立った。他にもふたりの魔道士がいるし、私達も執事や補佐官を連れているし、いつのまにか人口密度がすごいことになっている。

さらにその外側と森の中に護衛がいるから、学園関係者が緊張して倒れそうになってるよ。

「さて、話を始めようか。子供達が水の精霊王の居城に招かれたそうだな」

陛下の目は、他の誰でもなく真っ直ぐに私に向けられた。

「陛下、恐れながらその話題の前にお話したいことがあります」

同じ辺境伯でも一番力を持つお父様が口を開く。

「なんだ？」

「皇宮の皆さんは、この森に違和感をお感じにはなりませんか？」

彼らは眉を顰《ひそ》め、周囲を見回し、首を傾げた。

わからないんだ。普段森になんて行かないから。

地方と中央の差かな。

これは仕方ないよなあ。

「何かおかしいのか？」

「はっきり申すがいい」

宰相の不機嫌な言葉に、お父様が目を眇《すが》める。

先代の皇帝陛下の代から宰相をしている五十代後半のダリモア伯爵は、元は侯爵家の三男で、先代に気に入られて子爵位を得て、のちに伯爵になった人だ。

身分ではお父様が上。でも宰相だから皇宮での権力はダリモア伯爵の方が上。

こういう微妙な力関係が、私にはてんでわからない。

しかもこういうのって時価だから。その時その時で変わるから。

情報網を張り巡らせておかないと、いらんところで怒りを買う。

「でははっきり申し上げます。この森には精霊がおりません」

「なに⁉」

「どういうことだ？」

だからどうして私を見るのよ。

私、精霊代表じゃないからね。

「ディア、何かわかるかい？」

お父様にまで聞かれた。

なら、言っていいのかな。いいんだよね。

「どう話せばいいのか。……罪にはならない？」

私は四歳児。

最近、お兄様達とも普通に会話しているから忘れがちだけど、難しい言葉は駄目だ。

「大丈夫ですよね？」

「問題ない。思ったことを話してくれ」

皇帝陛下と将軍を見て、その周りの人達を見て、こてっと首を傾げる。

「陛下とこの間お会いして、十日くらい経ちました」

「正確には八日だな」

「その前から精霊のお話は出てました」

「ふむ。それが？」

「なのになぜ皇宮の人は精霊を育てないのですか？　魔力をあげないのですか？　陛下の精霊も小さいままだし、そっちの人の精霊は消えそうです」

宰相の肩にいる土の精霊なんて、半分消えかかっている。

皇都に住むのは土の精霊王だぞ。喧嘩売ってんのか。

「ご飯あげないで無視する人に、精霊をくれるわけないです」

「そ……れは、忙しくてな」

「そうだ。おまえ達地方の貴族と違って、我々は忙しいんだ」

「その仕事は精霊より重要ですか？　ご飯をあげる時間もないんですか？」

「国の仕事だぞ。重要に決まっているだろう」

「子供はこれだから」

目を大きく見開いて黙り込んでしまった皇帝と、腕を組んで難しい顔をしている将軍。

彼らはまずいと思っているみたい。

でも精霊王に会ったこともなく、精霊獣を持っているのは魔道士長と副魔道士長だけの皇宮と、毎日精霊獣を見かけるうちの城に住む人達とでは、認識に埋められない壁がある。

ああ……まだぜんぜん私のクエストは完了していなかった。

精霊と人間の共存の道は遠い。

「なら、どうして精霊が必要なんでしょう？」

クリスお兄様が天使のような屈託のない様子で聞いた。

なんですか、あの顔。これから喧嘩しますよって顔に見えるんですけど。

ここは私も、参戦した方がいいのかな？

「貴族の証明ですか？　飾りですか？」

「ベリサリオ辺境伯のお子様たちは、ずいぶんと精霊に肩入れしているみたいですな」

「辺境で生きていくには必要でしょうが、我々には魔道具があるので魔法を使う機会がないですからな」

「じゃあ精霊はいらないんですね？　精霊王にそう言っておきます」

私の言葉で場が凍った。

見よ！　瞬間冷凍!!

「精霊王に言う？」

「そんなに簡単に精霊王に会えるのか？」

宰相とその背後にいるふたりの補佐官が目と口を丸くして私を見た。

いや、こっちがびっくりだよ。

私とお兄様は水の精霊王に招かれたって、さっき陛下も話していたでしょ？

「そうか。話していなかったか。なにしろここ何日かの忙しさは異常でな、連絡するのを忘れていた。彼女は水の精霊王の祝福を受け、四人の精霊王が後ろ盾になると明言した子供だ」

あれ？　これ、わざとじゃね？

もしかして皇帝と宰相と、政権争いしているの？

お父様には子供の振りしているから、その辺の情報を知らないわ。

でも必要ならクリスお兄様が教えてくれるだろうし、お父様とクリスお兄様の機嫌が急降下しているのはなぜ？

「どうも皇宮の方達は現状がよくわかっていないようですね。精霊王は四人なので、皇都だけではなくその周りのいくつかの領地も、土の精霊王の担当になります。宰相のご実家であるトリール侯爵領は皇都の隣。精霊がいらないと聞けば、土の精霊王はそちらの土地の精霊も人間に近付けないでしょう」

お父様の言葉に、宰相とふたりの補佐官が露骨に敵意をむき出しにした。

他の補佐官は最初から顔色が悪かったし、魔道士達はうちの城に何度も来ているから事情はわかっているはず。

「つまり、この森から精霊が消えたのは、我々に精霊を近づけないためということか？」

「精霊王様が怒っている可能性が大きいのでは？」

「それとお忘れのようですが」

またクリスお兄様がにこやかな顔を宰相に向けた！

九歳の男の子が一国の宰相相手に冷ややかな笑顔。いろんな意味で心臓に悪いよ！

「精霊が多い場所は豊作になるそうです。土の精霊王が今年のベリサリオ領は大豊作になると明言してくださいました。来年からは多くの地域で豊作になるでしょう。皇都の周辺以外では」

「それが我々のせいだというのか！」

「はい」

ちょ……待って。らしくないよ、クリスお兄様。

なんで怒らせているの？

私もそりゃむかついているよ。政権争いに精霊を利用する皇帝も、関心を持っていれば報告の有無に気付けるはずなのに、精霊なんてどうでもいいと思っていそうな宰相も。

これ、やばくね？

精霊を持てない皇子達と全属性コンプしたベリサリオの子供達。

精霊王を怒らせた皇帝と、子供を通してであっても精霊王と良好な関係を築いているマイパパン。

これで皇都が砂漠化したら、下手したら国が二つに割れるのでは？

「精霊がいるかいないかより、我々に重要なのは皇都の砂漠化だ」

「話を聞いていましたか？　精霊王が陛下との接触を拒むほど怒っておられた場合、砂漠化は決定したも同じでしょう」

とうとうコルケット辺境伯も参戦した。

「精霊王の森を壊したお詫びをするために、彼らベリサリオの子供達に精霊王との橋渡しを頼んでおいて、自分達は魔道具があるから精霊は必要ないとは。よくそんなことが言えますな」

はい。ノーランド辺境伯参戦。冷ややかな声が迫力あります。

私は政治的なことなんてわからないから、みんなの様子を見ていた。

なんかさ、おかしくない？

水の精霊王に会った時に、陛下は迷いなく膝をついて謝罪していたんだよ。

仕事に穴をあけても、うちの領地まで飛んできたんだよ。

なのになぜ、精霊を育てないの？

将軍の精霊はけっこう育っているのよ。精霊獣になっていそうなほど。

一緒に生活しているのに、陛下の精霊だけ育たないのはなんで？

どうしても気になって、今日は罪にならないならいいやと、よっこいしょと椅子に上り、テーブルに手をついて身を乗り出して、ほぼ正面に座る陛下の顔をじっくりと眺めた。

会議室のテーブルみたいにでかいから、それでもだいぶ距離はあるけどね。

「ディアドラ？」

「陛下、ご飯食べてますか？」

出来るだけあどけない声で尋ねた。

「精霊にご飯忘れるだけじゃなくて、自分も忘れてませんか？」

はっとした視線が陛下に集まる。

お父様とクリスお兄様が険しい顔で目配せしていた。

「そうなのだ。陛下は眠る間もないほど忙しくてな。心配なのだ」

将軍が大きく頷くと、陛下は困った顔を彼に向けた。

「寝ないといけないんですよ。食べないと倒れるんです。宮廷の人は、みんなそんなに忙しいんですか？　魔道士長はうちにくるんで暇なはずです」

魔道士長、飲みかけていた紅茶を思いっきり吹き出していた。

「おかしいですな。ダドリー補佐官は夜会によく顔を出していると聞きましたが」

「宰相も顔色がいいですよね。羨ましいほどに若々しい」

ふたりの辺境伯の嫌味炸裂。

えーと、つまり、仕事を陛下に押し付けてるの？

そうやって潰す気だったの？　せこいな！

「ご自分の仕事が片付けられないということは、皇帝としての技量に問題があるのではないですか？」

「さようですな。この場では発言が罪に問われないということですから、はっきりと申し上げましょう。ジーン皇子は今年で十六歳になられた。もうそろそろ皇帝の座をお譲りになるべきではないですか？」

精霊の話題をほっぽりなげやがったぞ、こいつら。

「アランお兄様、ジーン皇子って誰？」

「陛下の弟君」

おいおいおい。アンドリュー皇子だってもう十歳だよ？

そういえば立太子してなかったの？

皇位継承権は弟より長男が上だよね？

いや、そもそもそんな話しする場じゃないし！

どさくさに紛れて私達家族を巻き込まないでよ。

「これは驚いた。補佐官という地位にありながらそのような発言をなさるとは。十一年前、この国を外敵から守り抜いたのは陛下と将軍ですぞ」

「それでわざと仕事を陛下に押し付けてたの？」

罪にならないなら私も言っちゃうもんね。

子供だからわからないもーーん。

「オジサンたち、陛下をいじめていたんですか」

「おじさん……」

そこに傷つくなよ。

「まさか自分達からこうもあっさり言い出してくれるとは思わなかったな」

「彼らも不満が溜まっていたんだろう。娘のような歳の私に命じられるのが許せないようだったからな」

「話は聞いていただろう？」

将軍と皇帝が振り返った先の木の陰から、陛下と同じ見事な赤毛を後ろで一つに結わえた青年が現れた。すらりと背が高く中性的な整った顔つきで、肩の上にタツノオトシゴの姿の水の精霊獣とフクロウの姿の土の精霊獣を連れている。

「ジーン殿下！　精霊獣をお持ちだったんですか⁉」

「おお。さすが皇帝の座にふさわしいお方だ」

「今さっき、精霊はいらないって言ってなかった？」

冷ややかな声と眼差しに、宰相と補佐官が息を呑む。

ジーンは陛下と将軍の間に歩み寄り、陛下の肩に手を置いて心配そうに顔を覗き込んだ。

「顔色が悪いね、姉上。少し痩せた？　私が顔を出すとうるさいやつらがいるからと、全部まかせてしまっていたせいだね」

「大丈夫だ。心配するなジーン」

肩に置かれた手に自分の手を重ねる陛下。

えーっとなんだこれ。

辺境伯会合にあとから参加表明して、ここで騙し合い？

うまくいけば辺境伯達を自分の味方に引き込める？

えー、引くわー。精霊関係ないじゃん。

「きみがディアドラ？　精霊獣は出さないの？」

だから、なんでどいつもこいつも私に振るのよ。

精霊獣は見世物じゃねえよ。

「ジーン殿下は精霊にご飯をあげる時間があったんですね」

「ははは。そうなんだ。陛下のおかげでね、精霊を育てる時間も子供でいられる時間ももらえたんだ。その間陛下はひとりで、いや将軍とふたりで国を支えてくれていたんだから、今度は私が陛下を支えないとね。実は将軍ももう精霊獣を持っているんだよ」

「やっぱり!?　そうじゃないかと思っていました」

「なんだ。気付いていたか」

将軍の腕が赤く光り、その光が上空に浮かび炎の鳥になった。

「不死鳥ですね」

「陛下にまだ精霊獣がいなくても、私とジーンとでお守りする。そのためにも早く育てたくて少し無茶をした」

ベリサリオに負けてはいられないもんね。

愛する人を守るため、魔力が切れるまで与えながら対話したんだろうな。

吐いたのかな。

気絶したかも。

ゲロインじゃなくてゲーロー？　ゲロロー？

「……吐いてはないぞ」

「ぇー」

「お待ちください。殿下」

せっかくのほんわかした雰囲気を壊して宰相が立ち上がった。

「エーフェニア様が皇帝として認められたのは、殿下がまだ幼かったからです。今はもう……」

「宰相」

「……はい」

「宰相にも補佐官にも皇帝を決める権利なんてないよ。陛下は必要な手順をきちんと踏んで皇帝になられた。国民にも絶大な人気を持っている。女性の命令を聞くのが嫌だなんて言うくだらない理由で、これ以上問題を起こさせはしない。私はアンドリュー皇子の立太子を求める」

テーブルに置いた手をぐっと握り込んで、宰相は険しい表情でジーン殿下を睨んでいる。

こんなにはっきりと拒絶するくらいだから、前から断っていたんだろうに、なんで彼を皇帝に出来ると思ったんだろう。

今の私、だいぶ疑い深くなってるから。

十一年前、一度に多くの者を挿げ替えては政治が進められなくて、残ってしまった対抗勢力を綺麗にするために、わざとジーン皇子が気のあるそぶりを見せたんじゃないの？　とか思ってしまっている。

だとしたら、この場で裏切ったの？

「もうひとつ、この場でお話しなければならないことがあります」

「ベリサリオ辺境伯。発言を許す」

「陛下が皇位に就かれたのが十一年前。精霊王の森が開拓されたのが十年前。何があったのかを調べました」

「何⁉」

「開拓自体は国境沿いの戦火を逃れ、中央に集まった者達の住居を作る為でした」

「ああ、憶えている」

「では誰がその場所を選び、開拓を推進したか。……あの場所を開拓したおかげで、トリール侯爵領と皇都の行き来が楽になり、今ではあの場にトリール侯爵関連の建物が多く存在しています」

「……ああ、そこまでは私も把握している」

「私は正式な手続きを踏んで、あの森を開拓しましたが？」

もう椅子に座っているのはお兄様達だけ。

特にアランお兄様、話はちゃんと聞いているくせに興味なさそうな顔で、将軍やジーン殿下の精霊獣を眺めている。

私は椅子の上に登ったまま、座面の上で膝を抱えて座って成り行きを見ていた。

「それについては魔道士長からお話があるそうですよ」

お父様の言葉に宰相の顔色が変わった。

「あの男の話など当てになるか！」

「黙れ。それを決めるのは私だ」

皇帝陛下の声がいつもより低い。

将軍なんて宰相と陛下の間に仁王立ちですよ。

「あの森を開拓する決定が下される前に、我々はあの森が精霊王の森であると書かれた文書を見つけ、宰相に伝えたのです」

おい！　重大発言出たぞ。

知ってたんかい！

「しかし宰相はその文書は間違っているとおっしゃいました。精霊王がいるのはアーロンの滝のある森だ。だからあの地は皇帝の私有地として立ち入り禁止になっているんだと。そして証拠の文書を見せてくださったのです」

「そんなことを言った覚えはないな。その文書を見せてもらおうか」

「はい。お見せしますよ。お渡ししたのは魔法で転写したものですから原本がありますし、あの時は重大な内容だと思ったので、魔道具に会話を記録させて残してあります」

「……ならばなぜ、今まで黙っていた」

「本当にアーロンの滝の森が精霊王の森だと信じていたからです。まさか宰相が、皇都が砂漠化する危険を冒すなんて思いもしませんでした。……八日前、水の精霊王の言葉を聞き、急いで記録を探し、皇宮内では処分される危険があると思い、ベリサリオ辺境伯の協力の元、今日、お話を聞くことに決めておりました」

やるな！　魔道士長。ただのオタクじゃないと思っていたよ！

「クリスお兄様、御存じだったんですね」

「精霊王達とお会いしてから、今日までの八日間で全部手配したんだよ」

「教えてくだされればいいのに」

「みんなに話す覚悟がついたの？」

うっ……そうか。四歳児ぶりっ子が苦しくなっているからな。

こんな話にかかわったら、ばれる自信ありまくりだわ。

それにお兄様にカミングアウトしてから、まだ五日しかたってなかった。

最近、一日が濃いなあ。

「宰相、私を皇帝の座から引きずり下ろすために、皇都を砂漠化するつもりだったのか！」

「まさか」

陛下の怒りなど気にせず、宰相は鼻で笑ってみせた。

「ジーン殿下は精霊に愛されていた。だから陛下が怒りを買って、ジーン殿下が精霊王の許しを得て皇帝になる予定だったんですよ。それをベリサリオの子供が邪魔をして！」

『そうか。おまえが私の森を破壊したのか』

不意に強い風が吹き、枝葉が揺れ、光が煌めいた。

先程まで映画のセットのようだった森に、鳥のさえずりが響く。

『おまえの一族に精霊はやらん。そっちのおまえ達もだ』

エーフェリア陛下のすぐ後ろの上空に、ベージュ色の衣を風になびかせて土の精霊王が浮かんでいた。

宰相と補佐官ふたりに手を伸ばすと、彼らの肩の上にいた小さな精霊が一直線に精霊王の元に飛んでいく。

『皇帝よ。この三人以外にも、精霊をなくした者達が他にも五人いるはず。その者達が我が森を壊した者達だ』

「申し訳ありません。私が不甲斐ないばかりに」

淡い光に包まれた精霊王は、飾り気のないドレス姿で供さえ連れていないというのに、そこに存在するだけで力の違いを感じられ、精霊王を利用しようとした宰相まで顔色を変えて跪いた。

地面と仲良くしている大人達を、椅子に座ったまま見ている私とふたりのお兄様に、土の精霊王はちらっと視線を向け、それはそれは優し気な笑みで微笑んだ後、片目をつぶってみせた。

「こわい……」

アランお兄様、女性の怖さがわかってきているな。

『それは何に対しての詫びだ？　我らが保護を与えている子供まで巻き込み、精霊をおざなりにして政権争いに利用した詫びか？　それとも己では森を破壊した者を見つけ出せなかったことへの詫びか？』

皇帝も将軍もジーン皇子も青ざめた顔で精霊王を見上げ、そのまま私達に視線を向け、跪いていないことに気付いて驚愕の顔で慌てて視線を地面に戻した。

辺境伯ふたりは口をほけっと開けたままで、私達と精霊王の間を何度も視線を行き来させている。三度見どころじゃないよ。

お父様は跪いたまま ちらっとこちらを向いて苦笑い。

瑠璃に招かれて楽しいひと時を終えて、また遊びにおいでねと誘われた時、私達はもう友達だから跪かなくていいんだよと言っていただいたの。だからお兄様達も平気で椅子に座っているの。

精霊王に気に入られている娘。後ろ盾になると言われている娘としては理解していても、どうせ相手は四歳の子供。嫌がることをしなければ放置でいいと思っていたのかもね。

まさか人間達の前に、こんな簡単に精霊王自ら顔を出すとは想像もしていなかったんだろう。

やだなあ。だってあなた達新たな精霊獣を連れてきてるじゃない。

ここ何十年も現れなかった精霊獣を瑠璃がどれだけ喜んでいたか。

それを他の精霊王がどれだけ羨ましがっていたか。

ジーン皇子の精霊獣は、たぶん私のより前に生まれていたんだろうけど、森を壊した人間の住居にまで行く気にはなれなくて、ようやく今日会えたんだ。

彼らは精霊獣を自分の持ち物くらいにしか思っていなさそうだけど、精霊王からしたら人間の方が精霊獣の付属品みたいなものよ、たぶん。

『犯人はわかっても、森を破壊された事実は変わらない。アーロンの滝の周囲の森を私達の住処とする。この森を陸の孤島としないためにも、我々への詫びとして、アーロンとこの森を繋げてもらおう』

「は？」

そうなのよ。まだ伝えていなかった琥珀先生の要望は、学園の森とアーロンの滝まで続く精霊のための道を作ることなのよ。

大きな神社の参道ぐらいの幅で、中に道がなくて全部木が植わっている感じを想像してもらえればわかりやすいはず。

要は繋がっていて、その中は人間立ち入り禁止になっていればいいらしい。

でも徒歩で二十分の距離ですよ。

大事業ですよ。

「植林て出来るの？」

「ペンデルス共和国が砂漠化を止めるために苗木を輸入している。ノーランド領で育てられているよ」

あれぇえ？　苗木も植林もあるの？

また私の異世界の知識が役に立たないじゃん。

おかしいな。ここはすぱっと私が知識を披露してさすが転生者と言われるところじゃないの？

私、まだラジオ体操を広めたって実績しかないよ？

『この森には魔力が足りない。森が繋がるまでの間、魔力を与えに人をよこすがよい。魔力が満ちれば早く森が繋がる。そうすればおまえ達にも精霊を与えよう』

「え？　道が繋がるまで精霊をくれないことになっちゃった」

「しっ」

この間は、道を繋げると約束すれば精霊をくれるって言ってたのに。

精霊を権力争いに利用しようとするからだよ。

皇子達、最低でもあと三年は精霊なしだよ。

『ベリサリオ』

「はっ」

『今回犯人を見つけられたのはおまえの手柄。皇帝への大きな貸しにするといい』

「……」

『ああ、そうだ。皇帝、早く動けよ。皇都の砂漠化はもう始まっているぞ』

琥珀先生、実は激おこ？

空中に浮いたままソファーに座っているみたいに足を組んで、どこから取り出したのか羽根の付いた扇を優雅にひらひらさせている。

なんだろう。包容力のある母なる大地の土の精霊王が魔王に見えた。

◆

あれから皇宮は大騒ぎですよ。

トリール侯爵家もダリモア伯爵家も爵位を取り上げられ、宰相他八人の処刑が決定し、彼らの家族や周囲に関しては、まだ取り調べが行われているそうだ。

アンドリュー皇子は皇太子になり、ジーン皇子はトリール侯爵の領地をもらい受け、母方の姓のスタンフィールドを名乗り公爵になった。

あ、そういえば精霊の森跡地周辺の植物が全て枯れてしまったんだって。

おかげでのんびり構えていた人達も大慌て。植林作業が急ピッチで行われることになった。

これから最低でも三年間、皇帝は苦しい立場になりそう。

でも皇帝にとっては、他にも重要な今後にかかわる大問題がある。

精霊王達に特別扱いされているベリサリオ辺境伯一家の待遇だ。

下手に隠し立てしして、誰かが間違って私達の怒りをかっては大変だということで、我が家は公爵と同じ扱いになりました。それも皇家に次ぐ待遇だそうです。

お父様が頭を抱えていました。

先日の会合で、お父様は皇帝に大きな貸しがあると精霊王が宣言しちゃったし。

お兄様達は跪かなくても許されていたし。

私は祝福持ちで、四人の精霊王という後ろ盾持ち。

下手に手を出したら国がなくなるんだって。

だから本当は私を取り込みたいらしい。

皇子の誰かの嫁にしちゃうとか、養子にしちゃうとか。

でも私がそれを嫌だと言ったら、言うけど、誰も私に命令出来ない。

そこで四歳児の機嫌を損ねたら国が亡びる。

なんなの、この四歳児。自分のことながら面倒な存在だな。

それで皇宮は、娘がだめならとお父様を取り込むことに決定したらしい。

「皇宮で役職についてくれないかと言われている。なんなら宰相になるかと」

「そうですか。領地のことは僕に任せてくださって結構ですので、頑張ってください」

「冗談じゃない！　なかなかおまえ達に会えなくなるんだぞ。ディアに会えないなんて働く意味がない！」

でも領地の貴族達は大喜びですよ。

辺境伯が力を持てば、その下につく者達の力も自然と強まるからね。

夏には他領からも精霊の育て方を学びたいと、多くの人がベリサリオ領に訪れた。もう避暑地というより、精霊の地って感じ。

皇帝一家は他所にお出かけだったけど、その訪問地であるヨハネス侯爵領の関係者が、順番にうちに来て「精霊の育て方教室」に参加していた。

海岸沿いの土地はほとんどが瑠璃の担当だからな。うちは城内に聖地があるようなものなのよ。

そして秋になり、予告通りにベリサリオ領地は記録的な大豊作。海も大漁。

領地はお祭り騒ぎで、うちからも御祝儀だって各町や村に酒や食べ物が支給され、城下町では一日だけ騎士団や兵士達が屋台を出して無料で料理を配ったよ。

これでいざという時の備蓄も出来たし、皇都周辺の不作だった地方に高値で作物が売れて大儲け。

街が明るいと、騎士団のみんなも城内で働く人達の表情も明るい。

みんなの表情が明るいと、私も嬉しい。

早く街に行って、自分で街の様子を確かめられるようになりたいな。

「ディアちゃん、エーフェニア陛下のお茶会に一緒に行かない？　皇太子も参加するんですすって」

「お茶会は六歳からでいいって、お父様が言ってました」

「ジーン様からもまたお手紙が来ているんだけど」

「そのうち読みます」

あの会合の日、最後に私は陛下に聞いたの。

「本当に魔力をあげるの忘れてたんですか？」って。

陛下はぎょっとした顔をして、

「本当に忘れていた。これからはちゃんと育てる」

とおっしゃっていたけれど、私の心に芽生えた疑いは晴れない。

もしかして精霊王や私達を利用するために、わざと育てなかったんじゃないか。

怒りをかいすぎないために、将軍は無理をして精霊獣を育てたんじゃないか。

琥珀もそれに気付いていて、精霊を与える条件を厳しくしたんじゃないかって。

そして四歳児のはずの私が、彼らを疑っていることを陛下は知っている。

私だけではなく、お父様やお兄様達の態度もほんの少し、今まで私的な付き合いのあった皇帝や将軍じゃないと気付かないくらいにほんの少し、よそよそしくなっていることを陛下は知っている。

それでお母様は、私達と陛下の仲を取り持とうとして、自分がお茶会に招待されるたびに私を誘うようになった。

ごめんね、お母様。

陛下のお立場も理解は出来る。理屈では。

でも感情が、精霊を利用したことを許せない。

精霊を平気で放置している皇宮貴族を許せない。

精霊がいるのは貴族なら当然。数が多いのはステータスになる。

彼らは精霊を飾りだと思っていた。

精霊獣になって喋れるようになるまでは、どんなに空腹でも、どんなに寂しくても、何も言えないんだよ。

ならその小さな命を大事にしてよ。

いずれ精霊獣になって、あなたを守ってくれる命だよ。

だからもうしばらくして、陛下も皇宮の人達もちゃんと精霊を育てているのを確認出来るまで、以前のように親しく出来なくてもほっといてほしい。

森が出来て、皇子にも精霊が与えられる頃には、きっと前のように笑顔で傍に行けるから。

「クリスお兄様、もう少しで学園に行かなくちゃいけないですよね。大丈夫ですか？」

「大丈夫じゃないのは向こうだよ。この間のアンドリューの茶会はひどかった」

クリスお兄様はほとんど皇宮に顔を出さないで領地にばかりいるから、皇太子と顔見知りではあるけど側近ではないの。

皇太子の周りには中央に住む貴族の子供や高位貴族の次男や三男がいつもいて、子供の頃から誰が側近になれるか争っているんだって。

そこに神童と言われているクリスお兄様が顔を出すと、今までは皇太子に近付けないように邪魔が入っていたらしい。

なにその少年同士の寵愛を巡る争い。

私、木と同化するんで見てていいですか。

なんなら土と同化するんでもいいですから。

同じ空気を吸うなんて恐れ多いことしませんから。

「今回はアンドリューの親戚みたいな好待遇でね、隣の席を勧められたよ。むしろ僕の側近にしてくれって言うやつまでいた」

必死だな。

「アンドリューに精霊について相談されたから、学園の森に頻繁に通って魔力放出してピクニックでもして来いって言っておいた。森が繋がって精霊が持てると聞いて初めて顔を出すやつより、何年も通っていたやつの方が心証がいいに決まっているからな」

「さすがです、お兄様。で、いつのまにアンドリューと呼び捨てにするような仲になったんですか？」

「もうずいぶん前だよ」

なんと!?

気付いていなかったとはうかつ!!

「では、皇太子様もお兄様を呼び捨てなんですか？」

「そうだよ。それがどうしたの？」

「え？　あ、私はそういうお友達がいないなって思って」

「ディア、友達いないの!?」

「あの……そう、エルダが！」

「彼女は隣の領地の子だし、親戚みたいな感じじゃない？」

「ほ、他は……」

ガーーーン!!

そういえば私、子供の友達がひとりもいない!!

「怖がられちゃうみたい」

「ああ……」

「最近は保護者が一緒に遊ばせるのにびびっちゃって」

「精霊王達に愛された妖精姫だっけ？」

「どこのどいつですかね、それ」

あれ？　そういえば高位貴族の次男三男って、うちにもいませんでしたっけ？

エルドレッド第二皇子とひとつしか変わらない息子が。

「え？　側近？　騎士団で剣の練習するほうがいい」

「近衛に入隊するんですよね？　皇子と仲良くなって護衛になるんじゃないんですか？」

「皇都にいるよりこっちの方が面白いし、最近は忙しいんだよ」

確かにね。精霊についての説明にアラン お兄様も駆り出されているからな。

フェアリー商会

ならばそろそろ次のステップ。お金儲けをしようじゃないかと、クリスお兄様が上手くお父様を担ぎ上げて、フェアリー商会を立ち上げた。

このダサい名前を付けたのは私じゃないから。お父様が犯人だから、誤解しないでね。

妙な発想力と着眼点のある私のアイデアをもとに、何かを作って売るための商会だよ。

いいね、この適当感。

金があるから道楽で商売にも手を出してみようかって感じが最高。

でもね、内政はしないぞ、目立つことはしないぞって思っていた私が、積極的に動くことにした一番の理由は、うちの領地が観光地ではなくて聖地にシフトしつつあることなの。

前より人は集まってくれるけど、彼らは精霊との付き合い方を学ぶのが目的だから、うちの城のある港街くらいには顔を出しても、周囲の元観光地に行かないのさ。精霊で有名になっちゃったことの弊害が、観光客の動きに表れちゃったのよ。

だから、そこの人達の出来る仕事を作るのと、精霊以外にも特産を増やしたいの。

家族の居間を使って、商会立ち上げの初期メンバーが集まったのが十月。

お父様は「大臣に任命されそうだ」って肩を落として皇宮にお出かけ中なので、我が家からは子供達三人だけが出席だ。

でも、子供だと侮《あなど》る人はここにはひとりもいない。

少なくとも、クリスお兄様を子供扱いする人間は城内にいないからね。

メンバーは、お父様の代理で元筆頭執事のセバス。彼は現在工事中の商会のための別館に専属で詰めてもらうことになった。

私の元執事のレックスもそう。夏前からクリスお兄様の指示でいろいろと勉強していたみたい。今でも私の専属だけどね。私の商会の仕事専用の補佐をする。

クリスお兄様の元執事のニックは子爵の三男。実家の領地が小さいため、帳簿をつけたり税の計算をした経験があるんだって。眼鏡をかけた腹黒そうなお兄さんで、クリスお兄様とのツーショットが私の癒しよ。

アランお兄様の元メイドのてイラは騎士爵の娘。大柄で剣が使えて、でも可愛い服や小物が好きなので、女性ならではの視点で物作りをしてもらいたい。

ここまでは私達の関係者ね。いわば素人かそれに毛が生えた程度の人達。

これではさすがに心もとないと、お父様とクリスお兄様で出入りの商人に声をかけて、ふたりほどプロを引き抜いてます。

ひとり目がグレン。三十後半の元行商人で、うちにもいろいろと海外の珍しい物を持ってきてくれていた。

四十近くなって腰を落ち着けようかと思っていたところに誘いを受けて、奥さんと子供も城のすぐ近くの新しいおうちに住み始めたんだって。

ふたり目がヒュー。二十代半ばの色男。

仕事を覚えて独立しようと思っていたら、領主の子供達が何か始めるみたいだって噂を聞きつけて、これは面白そうだと駆け付けたという変わり者だ。

「まず最初に言っておく。雇用契約と同時に行った魔道契約を忘れないでくれ。商会内で交わされた会話や珍しい商品等、商会の外で話すことは一切禁止だ」

クリスお兄様が窓際に立ち、室内のメンバーをひとりひとり確認するように見ながら言う。

「それと、アランもディアも子供扱いする必要はない。俺と同じだと思ってくれ」

初対面のグレンとヒューーだけでなく、壁際に立つ執事達までもが驚いた顔で私を見てくる。

どうせもう、お父様もお母様も違和感を抱いているから、徐々に子供の振りはやめた方がいいと言われたの。もちろん転生に関しては話さないわよ。

「このお嬢さんが？　クリス様と同じ？」

「発想力に関しては、ディアの方が上だ。この商会は彼女のために作ったと言ってもいいくらいだ。だが、やりたいことがある者がいたら遠慮しないで言ってくれ。モノになりそうなら採用する」

部屋の空気がなんというか、え？　この商会大丈夫？　って感じになっている。

お父様とクリスお兄様が私に甘いって有名だから、巻き込まれたかと思っているのかも。

「ディアが何をやろうとしているか、話した方がいいんじゃないかな？」

私の手を取り、ぽんぽんとやさしく叩きながらアランお兄様が言ってくれた。

「うふ」

もうね、この日を私は待っていたよ。

生まれて四年。ラジオ体操だけが私の全てじゃないところを見せないと。

「まずは女性の下着を変えます。お母様にも手伝ってもらって、いつもドレスを作ってもらっている方達を巻き込む予定です。モイラさんに担当してもらっていいのかしら？」

首を傾げながらモイラに笑いかけたが反応なし。

目の玉が落ちそうなほどに見開いて、この子なんなの⁉　って顔で私を見てる。

「しょっぱなから飛ばしたね」

「モイラの担当でかまわないよ。母上はうまく巻き込んでくれ。出来た物を広めるにも母上の力は必要だ」

反応を返してくれたのは、ふたりのお兄様だけだ。

レックスは皆の驚きように笑ってしまっていて役に立たない。ブラッドは執事として控えているだけなので、商会とは関係ないから発言権がないけど、やっぱり笑ってた。

「グレンさんは、行商人でしたよね？」

でもサクサクいくぞ。

そうじゃないと、今日話しておきたいと思ったことを忘れそうだぞ。

「はい」

「南の方の国に、伸縮性の強い樹液がありませんか？」

「え？　あ、ルフタネン王国の更に南にある小国に、そのような樹木があると聞いています」

「見本を手に入れてください」

「……はい」

「女性が今はいている下着は邪魔くさいし、皇都の雪のちらつく日の夜会は、とても冷えるそうなの。結婚なさっていない男の方は女性の下着事情は御存じないでしょうけど、素足の方も多いそうなのよ。なのであのドロワーズを廃止して太腿までのタイツを作りたいです」

日本のストッキングやタイツなんて無理だろう。

でも薄手の靴下なら作れるでしょう。

パンツはへそまで隠れるおばあちゃん愛用みたいなやつでいい。

これガードルじゃないの？　ってくらいおしりも包み込んだやつにする。

そうじゃないとお上品な貴族の女性は着てくれないと思う。

この世界、結婚するまで踝《くるぶし》だって滅多に見せないのよ。

独身の女性に、肩だろうと手だろうと触るだけでお叱りを受けるのよ。

それが奥さんのドレスをめくったら、ドロワーズの代わりに体にフィットした下着にガーターベルトをつけていたらどうよ！　出生率あがるぜ。

「みんな、ついてきてるかい？」

クリスお兄様に笑い交じりに言われて、固まっていた室内の空気が和らいだ。

「これは……気を引き締めないといけませんな」

「いやもう最高ですね。来てよかった」

商人ふたりは切り替えが早いね。

がんばれ、元執事達。

「クリスお兄様、商会用の別館に厨房は造っていただいてますよね」

「言われた通りに作っているよ。料理人も今、何人か選別している」

「いずれは店舗を出したいですし、最初の料理人がレシピを覚えたら彼らに教育もしてもらいたいです」

「店舗か。土地は押さえておこうか」

「ちょっと待ってください。まだ商会で使える建物も出来ていないうちに話を広げすぎるのは危険でしょう」

「そうだね、まずは何から始めようか」

「じゃあ最優先で急いで始めてもらいたいことがあります！」

元気よく手をあげて宣言する。

「馬車の改造をしてください」

「……今までの話はどこにいったんだい？」

「馬車のどこを改造するんですか？」

「車輪を取ります」

私、場を凍らせる天才よ。

「馬もいりません」

「それはもう馬車じゃないですよね⁉」

モイラさん、その突っ込みを待っていた。

あなたを大好きになれそうだわ。

「みなさん、精霊獣を出すので驚かないでくださいね」

一言断ってから精霊獣を顕現させる。

「これはまた……今まで見かけた精霊獣より大型ですね」

「こんな近くで見られるとは」

商人ふたりは目を丸くしているけど、彼らの肩にも精霊はいるのよ。

グレンさんは平民なのに風と土の精霊持ち。

うちの領内、どんどん精霊の里になっています。

「精霊っていつも浮いてますよね。精霊獣も浮くんです」

私の言葉に合わせて、イフリーもリヴァも浮いてみせた。

「私も浮かせてくれます」

ふわりと座ったままの私の身体が浮く。

「ソファーも浮きます」

アランお兄様の座っているソファーが浮いて、私は浮いたままソファーに座った。

「だから馬車も浮きます。ね？」

うんうんとイフリーとリヴァが頷いて、その頭上では二色の光の球が二回上下に揺れた。

あいつら自我がだいぶ育ってきたから、今日から浴室に入るの禁止ね。

「まじかよ」

メガネの腹黒執事風のニックが呟いた。

なんだ、そういう話し方なの？　普通のにーちゃん？

「質問してよろしいですか？」

「ここでは身分は関係ないよ。自由に発言してくれてかまわない」

ぐるりとみんなの座っている椅子の背後を回り、クリスお兄様がひとりがけのソファーに座った。

「わかりました。まず、浮く高さは今ぐらいですか」

「そう。飛ぶんじゃなくて浮くの。荒れた道の上をすーーって浮いて移動したいの。高い場所を飛ぶようになるなら、航空法を作らないと」

「航空法？」

「ああ、そうか。軍隊関係の土地に侵入されるのはまずいね。街の城壁だって上を飛ばれたら意味がない。皇宮や城の周辺も飛行禁止にしないとね」

話が早くて助かるわ。さすがクリスお兄様。

「なるほどなるほど」

「浮くのに魔力量はどのくらい必要ですか」

『ほとんど使わん。精霊でも氷や重力などを使えるほどに育っていれば出来る』

『動かすには魔力がいるな』

商人ふたり以外は聞き専になっているのは、まだ初めての会合だから仕方ないね。

ちょっとずつ仕事を覚えてもらおう。

『たいした魔力じゃないだろう。ディアなら自然回復量でほとんど回復出来る。半日は動かせる』

「それはお嬢だからだろ。一般人はどうなの？」

あ、レックスが喋った。

ク○ラが立った！

『魔力量による。アリッサで二時間』

「随分差があるな」

「アリッサって、確か精霊関連部署のチーフになった魔道士ですよね」

未亡人アリッサ、大出世ですよ。

宮廷魔道士にもパイプのある我が領地内魔道士の頂点ですよ。

本人は泣きそうな顔で嫌がっていたから、お友達の魔道士を何人か巻き込んで、全員精霊獣を持てるまで私が手取り足取り鍛え上げました。

これでもう私達兄妹は、領地内の精霊関連の相談や説明の仕事から解放されたぜ。

そしたら、領地外からの依頼が来たぜ。

「ディアドラ様の魔力量はどうなっているんですか」

「ディアはほら、祝福をいただいているからね」

「ああ」

「なるほど……」

「えーー、二時間走れれば充分じゃないですか！　馬だって休憩するでしょう？」

「しかし、御者は魔道士じゃありませんからな。魔道士は皆、冒険者になるか軍で働いているんですよ」

「違いますわ。今の魔道士は貴族に仕えて雑用やりながら研究するか、冒険者か軍隊で戦う訓練をするかしか職が選べないんです」

精霊との共存が失われて魔法を使える人が減ったから、人間は様々な魔道具を開発した。

おかげで魔法の使い道は敵を倒すことだと思われてしまっている。

でも魔道士にだって、特に女性の魔道士なら、精霊と一緒に戦う以外の仕事をしたい人はたくさんいるはず。精霊は武器じゃないのよ。

「それは……そうですな。いや、失礼しました。こういうものだという思い込みはいけませんな」

「しかし二時間ですか。商人が町から町に移動するには複数で交代する必要がありますね」

街を一歩出れば広大な茶畑と農地が広がり、そこを過ぎると次の町まで何時間も手つかずの大自然が広がっている我が領地。

これは別に中央でもそんなに変わらないはずよ。

町と町の距離が近いか遠いかの違いだけよね。

だから、確かに二時間という長さには不安がある。

「護衛の冒険者は移動に魔力を使うわけにいかないでしょうから、馬は必要ですね。御者役がふたりで交代ならいけるかな」

「町中の移動なら問題ないですね。新しい物好きの貴族が飛びつきそうです」

「馬車を小さくしたらどうなんだ？」

珍しくアランお兄様が乗り気だ。

男の子は、こういう話は好きなのかな？

それか、馬車の長旅でお尻が四角くなりそうなのを経験しているからかな。

「ふたり乗りにして、こんな感じはどうです？」

持ってきていた紙の切れ端に、人力車みたいな絵を書いてみたのに、あまり受けなかった。

平民用はこれでもいけるけど、貴族は荷物が多いし従者がいる。なにより小さい馬車というのは好まれないらしい。車と同じだね。

あれ、てことはあんまり現実味ないのかな。

「僕達が使う分には問題ないんだから、一台作ろう」

「そうですわね、アランお兄様。精霊に道を指示する人は必要ですから御者席はいりますけど、馬がいらないので風の抵抗を考えたいですわ」

「風の抵抗？」

「見た目を格好良くしましょう」

「いいね！」

「足を置く台も欲しいです。こうやってあげていた方が楽なんです」

「わかる。今までも椅子の上に足を乗っけてた」

「ちょっと待った」

楽しくきゃいきゃいと話している私達に、クリスお兄様の声が割り込んだ。

「この冬の他領への旅に使うつもりなの？」

「はい。ベリサリオの紋章をつけた馬のいない馬車が、精霊に先導されて浮いて移動するのを見せてやりますわ。ビューーーンて」

あれ、クリスお兄様が頭を抱えている。

「皇帝に喧嘩売ってないですか？　大丈夫ですか、これ」

「あちらさん、喧嘩買えないんですよ。妖精姫がいるから」

「かといって新商品ですと献上するのも嫌味になりますよね」

「我々も少し前までは精霊について誤解していたのは同じですからな。ディアドラ様のおかげで今はこうして仲良く付き合えていますが、ちょっと中央が気の毒ではありますね」

グレンが自分の精霊に少しだけ魔力をあげると、精霊が嬉しそうに飛び回る。

他のメンバーも微笑ましく彼らを見た後に、自分の精霊に魔力をあげていた。

うちの精霊？

勝手に吸っていくわよ。遠慮なしよ。

皇帝には悪いけど、馬車は欲しい。

この冬に、海岸沿いの領地をずーっと遠征しながら、精霊について説明しないといけないのよ。

南側の地域ばかりだから寒さは平気だけど、ずっと馬車で揺れていくのは子供の身体にはきつすぎる。

「これは五年先を見越した商品開発のための試作品です」

「ほお」

「精霊と協力すればこんなことも出来るんだよと、示す意味合いもあります」

「なるほど。精霊について説明するには具体的でいいですね」

「イフリー、リヴァ。聞きたいことがあったの。魔法の中に雷属性がないよね」

『それはもう一段階成長が必要』

『雷は複合属性。四属性揃って成長してから』

『四属性揃っていれば、いろいろと魔法が開発出来る』

「だよね。もう一段階育つのに人型になれるだけじゃ意味ないよね！」

「人型⁉」

こら、メガネ。立つな。

あんた、どういう属性持ちだ。

「じゃあもうひとつ質問。空間魔法はあり？」

『あり』

いやっほーーーい！

勝った‼　私は勝った！！！

……と、気付いたら、ソファーの上に立って拳を振り上げている私を、みんなが目と口を真ん丸にして見ていた。

「ごめんあそばせ」

ソファーをいつまでも浮かせたままじゃなくていいから、戻して。

みんなもあわてて目を逸らすのやめて。

お兄様達、腹を抱えて爆笑すんな。

「笑っている場合じゃありませんわよ。商人と言えば物流ですわよ」

「お、そういえば、浮くなら割れ物も運べますな」

「そうよそうよ。それにね、二時間しか動かせないなら、二時間ごとに運転手を交代出来る施設を作ればいいじゃない。そういう運送会社を作ればいいのよ。そこに空間魔法よ！」

「運転手？」

「御者よ」

「空間魔法は初めて聞いたよ。どんなものなんだい？」

「クリスお兄様のその上着のポケットに、馬車一台分の荷物が入ったら？」

はい、また空気が凍りました。

いちいち凍らないように免疫をつけて。

ファンタジーですよ。アイテムバッグですよ。

空間魔法が使えるなら、いつか転移魔法だって出来るかもしれないじゃない。

俄然《がぜん》、盛り上がってまいりました!!

『ディア、さすがにそこまで出来るのはごく限られた魔道士くらいだ』

「でも抱えられるくらいの箱なら？」

『出来る者は増えてくるな』

「馬車を半分の大きさにしても」

『元の馬車より多くの荷物を積める』

どうよ！

「これは……最優先で行いましょう。まずは物流業ですな」

「ここは港がいくつもある。成功しますよこれは」

「待って、空間魔法はまだまだ先よ？」

「五年先を見越した商品開発だとおっしゃっていたじゃないですか。魔道士育成も合わせて、今からしなくては」

「まずは領地内だけだ。ただでさえうちは今、上手くいきすぎている。アイデアを他領が真似しても放置でいい。しばらくは、外を走らせるのはディア達を乗せる馬車だけにする。父上に確認するまでは先走らないでくれ」

物流業が最初か。

もっとこう華やかでかわいらしい女の子ならではっていう商品を作りたかったな。

でも堅実ではあるか。

「クリスお兄様、十年前より以前に精霊を手に入れている人達が中央にもいますよね」

「ああ、焦って精霊を育てているようだぞ」

「つまり十一歳以上の人は精霊を持っているんですよね」

「それが……ここ十年で放置して消えてしまった精霊がけっこういるらしくて」

そりゃ、琥珀様があれだけ怒ったはずだわ。

「皆さんにお願いです！」

いつものように元気よく手を上げて立ち上がった。

「馬車や物流事業について誰が発案したかと聞かれたら、ここにいる全員が意見交換して出た案だと答えてください。お兄様達が言い出しっぺでもいいですけど」

「遠慮する」

「いやだ」

「私のことを聞かれたら、美味しいスイーツや可愛いお洋服を作りたいと言っていたと答えてくださいね」

なんでみんな、そんな白けた顔をしているのよ。

ここにいるメンバーはもう身内だからいいけど、他所にまでばらされるわけにはいかないでしょう。

魔道契約しているのを忘れないでよ。

「もう神童兄妹って広めちゃってもいいんではないですか？」

「徐々に広げたいの。六歳くらいになれば、おかしいと言われないでしょ？」

「言われるよ」

「成人するくらいじゃないとおかしいです」

「城内ではもう変わったお嬢様として有名ですし」

「全部、精霊のせいにしちゃったらどうでしょう」

今まで黙っていたやつらまで、なんでここだけ喋るのよ。

「私、目立ちたくないんです」

おーい。

いっせいに残念な顔で目を逸らすな!!

◆

五歳の一年間は準備の年だった。

六歳で茶会解禁になったら、すごい数の招待状が来るだろうと予想されているのに、私の侍女ふたりは自室の中でのお世話しか経験がない。

他は執事がしてくれていたでしょ。護衛を兼ねて。

でも女性のお茶会に男の執事は連れていけないこともあるし、レックスは商会専任になってしまった。

しかもダナもシンシアも騎士団に彼氏が出来て、いつ結婚してもおかしくない。

それで護衛の出来る女性の執事がつくことになった。

それに来年中には、歳の近い子供達の中から側近を決めなくちゃいけない。

もうお兄様ふたりの側近や護衛になる子供達は、毎日のように城に顔を出している。

これに私の側近も加わるから、教育係も大変よ。

私達が成人するまでに、一人前に育て上げないといけないから。

我が家の馬のいない馬車は、見かけるたびに形が変化していると他領でも有名になり、遭遇すると幸運が舞い込む馬車とか言われちゃっているらしい。

夏に領地に遊びに来た客が街を観光する時に乗れるように、辻馬車を何台かと貴族用の馬車も用意することになった。二年後をめどに事業を開始するらしい。

精霊が増えたことで小さな問題も起きている。

扉の出入りで精霊が引っ掛かったとか、精霊獣に驚いて転んで怪我をしたとか。

平民は今まで魔力をあまり意識してなかった人も多くて、街中で倒れたり吐いたり。

過渡期ってあとで笑い話になるようなことが起こるよね。

日本でも初めての電車に乗る人がホームで靴を脱いじゃって、降りる時にホームに靴がないって騒いだらしい。

他の辺境伯の精霊王の住居に行くために、遠出する準備もある。

両家とも、そろそろ精霊獣になるそうなので、来年は忙しくなるだろう。

そんな生まれて五年目の秋、クリスお兄様がお話があると私を書斎に招いた。

「アンドリューに会ってくれないか」

まさかクリスお兄様に皇太子に会えと言われるとは思わなかった。

エピローグ

実は私、自分が今どれほど注目を浴びて、どれほど話題になっているかよくわかっていなかった。家族も領地の人達も私を大事にしてくれて、いつも周囲は以前と変わらない静かな毎日だったから。

でも宮廷では私の様々な噂が駆け巡っていた。

宮廷の人間の目撃者は、全て皇族の側近や護衛騎士だけなので外部に情報を漏らさないから、私が精霊について説明するために会った人からの情報しかない。

おかげで私、UMA（未確認生物）扱いよ。

クリスお兄様やアランお兄様の妹なのだから、きっと普通の子供より大人びているだろう。

あの両親の子供で精霊王に愛されるくらいだ。絶世の美幼女に違いない。

ちょっとでも気に入らないことがあると、皇帝陛下にも詰め寄るわがままな娘らしい。

他にも、飛ぶらしいとか、馬より速く走るらしいとか、人間じゃないだろすでにそれは。

話題に困ったら、お天気の話題かベリサリオのUMAの話題って言われるくらい、時の人になっているらしい。

これが皇帝一家とその周辺の人達になると、もっと深刻になってくる。

将軍と陛下には二度遭遇しているじゃない。私、子供らしく話せる気がしないから必要事項以外ほとんど話さなかったのよ。

でも子供を現在進行形でふたり育てている将軍や陛下と、毎日皇子やその側近達に接している護衛達は、あの子は立ち居振る舞いが子供らしくないとすぐに気付いたらしいの。

話し方は気にしていたけれど、表情や歩き方は気にしていなかった。

身体を鍛えているのも原因だと思う。

他の幼女は護衛と一緒に、訓練場を何周も走ったりはしないだろう。

階段の上り下りだって、いつも駆け足だからね。

必要なこと以外喋らず、営業スマイルを顔に張り付けて、きびきびと動く幼女。

……こわい。

可愛いドレスを着て、滑るように歩くフランス人形を想像して自分でもこわくなった。

なんで私、すぐにホラーになるんだろう。

その幼女が、あざといあどけない顔で言ったわけですよ。

「本当に魔力をあげるの忘れてたんですか？」って。

そりゃ陛下もびびるわ。

目の前で琥珀ママンと親し気にしたあとの質問だから、余計にこわいわ。

首筋に刃物を突きつけながら、「わざとやったんなら潰すぞ」って言われたようなもんだわ。

そのあと私はお誘いに一切応じず、ようやくお父様が宮廷に詰めるようになったと思ったら、べリサリオの紋章のついた馬のない馬車が街道を疾走していた、という報告が何件も上がってきたものだから、もうあの子なんなの――――!!　ってわけですよ。

それでも、お母様と陛下は今でもお友達だし、お父様は大臣に就任したし、クリスお兄様はアンドリュー皇子の御学友と、皇帝一家とベリサリオは仲良しですよアピールが出来ているから、まだ中央も植林さえ進めて、あと一年我慢すれば地方と同じように状況が好転するはずだと不満が爆発していない。今のところは。

国全体としては、近隣諸国の中でダントツに黒字経営の国だしね。

だからここで、ラスボスと対話したいと勇者アンドリューが立ち上がったわけだ。

あの学園の森での一見以来、私はいっさい他領の貴族と接触しないで引き籠っているから、何を考えているのか、何をしたいのか、全くわからなくて不気味なんだろう。

ただなぜか家族の誰にも言わず、ひとりだけで会いに来るらしい。

はい、ここ注目。

会いに来るんですよ。

皇太子自ら、ひとりで、我が家まで、お忍びで。

「なんで内緒なんですか？」

「会合が成功してきみと仲良くなったのが皇太子だけだと知られたら、皇帝の信頼度がもっと下がる。会合に失敗した場合、皇帝一家に迷惑がかからない……からだと思う」

クリスお兄様も、その辺は教えてもらっていないんだな。

「皇太子に得になる話が見えません」

「きみに会えて、話を出来るだけで得だろう」

私、御利益ないよ？

「それにアンドリューだけだと言うから、今回に限り特別に許可したんだ。妙なことを言い出したら途中で追い返す。ある程度、ディアの考えは説明してあるから大丈夫だよ」

そりゃあ皇族一家がぞろぞろと来られても困るよな。

でも相手は皇太子ひとりなのに、こちらからはアランお兄様も同席するんですって。

実際に会うことになったのは一か月後。学園が始まってからだ。

スマホないと不便だね。

人間の方が精霊王よりのんびりだったよ。

「お嬢様、支度が終わりました。いかがですか？」

メイドには、商会のことで至急打ち合わせしないといけないことがあるから、クリスお兄様が早朝に少しだけ城に戻ってくると説明してある。両親は皇都に行っていて留守だ。

鏡の中の私は、横の髪を何本か細い三つ編みにして後ろで髪飾りで留めている。

飾り気の少ないグレープ色のドレスは、袖口と首から胸までが白くて首元に大きなリボンが揺れていた。

生まれて五年になるというのに、いまだに自分の顔とは思えない可愛さだ。

ハリウッドで子役スターになれそう。

でもこの世界ではＵＭＡですよ。

メイドを従えて廊下を進み、私の居住スペースの境界線でメイドからブラッドにバトンタッチ。

彼は何が行われているかを知っているので、少々表情が険しい。

「おはよう」

転送陣の間に続く廊下の前でアランお兄様が待っていてくれた。

ブラッドとアランお兄様の執事はここで待機。ここからはふたりだけで行くみたい。

スパイ映画みたいじゃない？

ちょっと楽しくなってきた。

転送陣の間の近くには、応接室や客間がいくつも用意されている。

その中でも一番豪華な部屋の前に、レックスくらいの年齢の制服を着た男の子が立っていた。

不機嫌な顔でこちらを向いた彼は、私の姿を見つけて目を見開き、そのままガン見ですよ。

瞳孔開いちゃってない？　大丈夫？

「おはようございます」

アランお兄様が挨拶をしたら、はっとした顔で慌てて挨拶していた。

皇太子の護衛だろ。年上だろ。がんばれ。

「おはようございます」

「おはようございますっ！」

私もにこやかに返事をしたら、両手をピシッと身体の横につけて返事をしてくれた。

軍隊か。そんなに私はこわいか。

「兄上、アランです。よろしいですか」

ノックをしてアランお兄様が声をかけると、中からクリスお兄様の返事が聞こえた。

開けた扉をアランお兄様が押さえてくれて、さあどうぞと促《うなが》してくれる。

さすが完璧なエスコート。格好いいなと思いながら足を踏み出し、私は部屋の入り口で固まった。

早朝の冷たく澄んだ空気の中、ソファーに腰をおろしたアンドリュー皇太子は、背凭れに寄り掛かり緊張した面持ちでこちらを見ている。相変わらずの見事な赤毛と意志の強さを秘めた眼差しなのに、温厚な印象を与えるのは表情のせいなのかな。

クリスお兄様は皇太子の座るソファーの背後に立ち、背凭れに寄り掛かって優しい笑顔をこちらに向けていた。こちらは相変わらずの超美形で、天然フォーカス付きで輝いている。

他には誰もいない早朝の室内で、仲良さげな距離で話す美少年ふたり。

しかも同じ濃紺の制服姿ですよ。尊い。

拝んでしまいそうになるのを、拳を握り締めて耐えたね。

この部屋に私が入るの？

ダメでしょ。清浄な空気が汚れるでしょ。

この世界の全女性に申し訳ないでしょ。

「早く入って」

ちょっと押さないでよ。

アランお兄様はもう、ベリサリオ最後の良心じゃないよ。ただの突っ込み要員だよ。

「こんな朝早くに時間を取ってくれてありがとう」

立ち上がると皇太子は、以前会った時より少し身長が伸びていた。

もう何年かで、みんなすっかり大きくなっちゃうんだろうな。

「おはようございます。皇太子殿下」

アランお兄様と一緒に、しっかりとご挨拶。

「時間があまりなくて慌ただしくてすまない。座ってくれ」

アランお兄様と私が並んで皇太子と向かい合う席に座る。

クリスお兄様は私の背後に移動した。

見るからに、三対一の構図ですよ。

「今日は、きみが我ら皇族をどう思っているのか。なにがきみの望みなのかを確認するために来た」

前回会った時は挨拶しただけであまり近くに行かなかったから、改めてこうして正面に座ると、すっごい緊張する。

一国の皇太子だよ。超ＶＩＰじゃん。その真正面に座っているんだよ。

もう外交とか公式行事に参加しているから、神童と言われるクリスお兄様に負けない大人びた表情と、上に立つ者特有の嫌味にならない尊大さがある。

こんな大人びた子供を見ているのに、よく私が不自然だと気付くやつがいるな。

弟の方の側近見習いと比較されたかかな。

「遠慮はいらない。言葉遣いもどうでもいい。本心を聞きたい」

「……はい」

「きみは陛下の茶会への誘いを断っているそうだね」

「誰からでも断っています」

「なぜかな」

「お茶会が嫌いだからです」

「じゃあ何が好きなんだい？」

「訓練場で運動することと、商会で馬車に乗ることと、お菓子を作ることです」

私に会わせてくれと、両親もクリスお兄様もいろんな人から言われていた。

それを断れるのは、六歳までは茶会に出さないとお父様が明言しているからだ。

四歳の子供を取り込もうと、国中の貴族達が手ぐすね引いて待っているんだよ。そんなところに、のこのこと出ていけないよ。

少し時間をおいて、精霊獣や精霊王の存在に人々が慣れて、落ち着くのを待っているわけだ。

だからってずっと引き籠っていられるとは誰も思っていない。

だから六歳になるまでと、お父様は期限を切った。

六歳になれば茶会に出なくてはならないから、その前に私の味方になってくれそうな皇族を作っておきたいというのが、クリスお兄様の考えだ。

クリスお兄様の考えも理解出来るし、ベリサリオと皇族が仲違いするわけにはいかないのもわかる。

だから私としてはこの場の最年長者として、落としどころを考えているのよ。無い知恵を絞って。

ただ大問題がある。

私は前世、いわゆるオタクだった。

死因でもわかる通り、出かけるよりもパソコンの前にいることが多かった。

友達はいたよ。毎回コミケで店番をお願いしていた子もいたし、飲みながら萌えを語り明かした夜もある。

ただそれは、共通の趣味という話題があったからだ。

ロイヤルなＶＩＰと、失礼にならないように、それでいて子供らしく不自然と思われないように話すのは、どうやればいいの？

難易度高くない？

「そうか。陛下が嫌いなわけじゃないんだね？」

そんなことを聞かれて、嫌いですと言えるやつがいるわけないだろうが。

嫌いじゃないけど、今はまだ精霊のことで不信感が拭《ぬぐ》えなくて好きとは言えない。

だから、驚いた顔で首を傾げた。

「陛下は精霊に食事をあげるのを忘れていたことがあるんだろう？　それをきみが怒っているんじゃないかと気にしていてね。皇族には近づきたくないのかと」

疑問形なんだ。

そうか。広い皇宮で子供達と皇帝夫妻の距離は、うちよりもずっと遠いんだろう。

あの時、ジーン様はいても皇太子はいなかった。

どんな風に話を聞いているのかな。クリスお兄様にも話を聞いているんだろうから、大まかなところはわかっているのかな。

「ディア？　どうしたんだい？　あまり時間がないんだ」

私が何も答えないから、クリスお兄様がソファーの横に移動して、肘掛けに手をついて顔を覗き込んできた。

「陛下は今でも食事を忘れるんですか？」

「いや、ちゃんと魔力をあげているはずだよ」

「ならよかったです」

怒っています。信用していませんなんて言えないでしょう。

それに皇太子とエーフェニア陛下の距離感がよくわからない。

「きみは私達と仲良くなれると思うかい？」

「お母様と陛下は仲良しですよね？」

「そうだね。私ときみも仲良しになれるかな」

「仲良しって？」

仲良しにもいろいろあるでしょう。

どんな付き合い方をしようとしているのさ。

味方にすると言っても、どうやって話を持っていけばいいのかわからないよ。

ええい、もう相手に投げる！

「では、どうすればいいんでしょう。はっきりとおっしゃってください」

私の返事に皇太子は何回か目を瞬き、前髪を乱暴にかきあげながらため息をついた。

「私と結婚する気はないかな」

「アンドリュー⁉」

「なにっ⁉」

私が答えるより早く、お兄様達が身構えた。

いやあ、一気に話が核心をついたね。

お姉さん、そういうの嫌いじゃないわ。

「無理強いしようなんて思っていないよ。聞いているだけ」

「四歳児に？」

「クリスに初めて会ったのも四歳だったよ」

その話、くわしく！

「きみは皇族を避けているだろう？　皇子と結婚する気はないと明言しているのはクリスから聞いているよ。精霊王もきみの意に添わないことをした者は排除すると言っていた。だから誰も無理強いは出来ない。きみに選んでもらうしかない。六歳から茶会に出るそうだね。きみに惚れさせようと競争になるよ」

「婚約は十五歳からなのに？」

「それでもだよ。私が気にしているのはね、残念ながら私はきみが学園に入学する年には、初等教育課程を卒業してしまっていることだ。でも、弟はきみとひとつしか変わらない」

「私がエルドレッド殿下を選ぶと思っているんですか？」

「好きになるかもしれないだろう？　そしたらまた政権争いが間違いなく起こるんだ」

そんな未来はないと自信をもって言おう。

転生してからの年齢も加えたら、もう三十過ぎよ？

今更、恋愛のために他を犠牲になんて出来るような、そんな一途さは持ち合わせていない。

「私は、お妃教育なんてしたくないです。貴族らしい話し方も苦手です。そしてなにより皇妃になりたくありません」

「普通は、女の子は皇妃になりたいんじゃないの？」

「そんな責任重大で胃に穴が空きそうな仕事は嫌です」

「じゃあ、好きになった相手が皇位に付くことになったら？」

「別れます」

なんでお兄様達まで驚いているのよ。

女の子は好きになった人につくす者、好きな人のために生きる者と思っているのなら考えを改めて。

現代人の私にそれは無理だ。

結婚生活は互いに尊重し合い協力し合える人としたい。

いわば人生の相棒よ。バディよ。

「というより、その可能性のある人とは付き合いません」

「すごいな。そこまできっぱりと言い切るんだね」

ええ。お妃教育なんてさせられてたまるものですか。

他にやりたいことがたくさんあるのよ。

「でもきっと、弟はきみに近付こうとするよ」

「そうでしょうか」

「そうさ。きみは自分が可愛いってことをもっと自覚した方がいい」

おおう。ロイヤルスマイルしちょっといつもより低めの声で、口説き文句のようなことを言われたぜ。こわいぜ、皇太子。

「ディアはどの国だろうと妃になる気がない。それでも、ディアの力を借りなくては国を安定させられないというなら、皇太子の地位は弟に譲った方がいいぞ」

「相変わらず、はっきりと言うやつだな」

うわあ。クリスお兄様も皇太子も目がマジだ。

いつもこんなやり取りしてるの？

「じゃあ私は、どういう立場できみに接すれば嫌われないで済むのかな。今は陛下とベリサリオ夫人が仲がいいからいいけれど、僕の代でもベリサリオとは仲良くしたいんだ」

「クリスお兄様と仲良しなんじゃないんですか？」

「彼は私よりきみを優先させるからダメだな」

ぶれないな、クリスお兄様。

「でもお母様も陛下より私達を優先しますよ」

皇太子が驚きに目を見開いた。

子供より家族より陛下の命令。それが貴族としては当たり前だろう。

じゃあなぜ私は、あの日以来皇族と会わずにいられたの？

お母様に、もっと必死に頼まれれば、私の考えだってぐらついたかもしれない。一回くらい、陛下だけとならお話してみてもなんて思ったかもしれない。

あるいは、お母様が陛下の意向を第一に考えていたら、今頃お父様と意見が合わなくて喧嘩になっていたかもしれない。

でも、ベリサリオは平和なのよ。

お母様は陛下のお茶会に顔を出すたびに私を誘うけど、それだけなの。

「それを私以外の皇族に言うなよ」

「陛下も気付いていますよ。気付いてなかったら……」

「ディア」

「はーい」

クリスお兄様に止められて、良い子のお返事をする。

皇帝の命令を最優先させないからって、お母様に何かしたら困るのは誰かなんて、ここにいる全員がわかっている。

「ベリサリオは兄弟そろって子供らしさを捨てているのか」

「アンドリューに言われたくない」

「僕は普通です」

子供らしかったら、そろそろ話に飽きて帰ろうとするんじゃないのかな。

難しくってわかんなーいって言ったら、たぶんアランお兄様に裏拳で殴られる。

「困ったな。きみとどう付き合えばいいのかまるでわからない」

「じゃあ、皇太子殿下もお兄様になってください」

「は？」

「妹に変な虫がつかないように、殿下も守ってください」

「ははは。これはいい」

皇太子は背凭れに沈んで楽しそうに笑い出した。

「なら、兄らしい助言をしようか。四歳のきみにまだ言っても仕方ないかもしれないけど、好きになる相手の立場を考えてあげた方がいい」

「え？」

「きみは、皇帝さえ動かせる力を持ちながら、商会を通して個人の財力も持ち始めている。それなりの立場と力を持つ男を選ばないと、相手の男が潰されるよ」

ああ……相手がどうなるかは考えていなかった。

そうか。私の愛した人が妬まれる立場になるのか。

「私が兄として幸せを願える相手を選んでくれ。そうしたらその男を守るために最大限の力を貸そう。そうじゃない場合、きみの恋人が暗殺される危険もあるよ」

暗殺？

私の好きになった人が？

これは脅しも含まれているんだろうか。

急に部屋の温度が下がった気がした。

◆

皇太子殿下が学園に帰っても、うちの長男はのんびりと私達と食事中。

城で食べて帰るよって断ってきたから平気なんだって。

意外と自由なんだね。寮に入ったら、なかなか帰ってこれないのかと思った。

「ディアは僕とアランだけじゃ不満なんだ。アンドリューにまでお兄様になってほしいんだ」

「あの話の流れでいじけるのは、ちょっと気持ち悪い」

「アランは気にならないの？」

「あいつを呼んだの兄上だろう。他にどういう話の持っていき方にするつもりだったのさ」

「ベリサリオにこれ以上権力を持たせたくなかったら、ディアには皇族全員が近づくなって」

「クリスお兄様、それは喧嘩を売っています」

「権力持たないように出来るの？」

「さあ？」

この兄弟こわいよ。私のお兄様達だけどこわいよ。

朝御飯くらい、もっと平和な話をしよう。消化に悪いから。

「もう猶予は一年だ」

「猶予？」

「きみが六歳になった後の予定が、もう少しずつ入ってきているよ」

「はあ!?　来年の予定ですよ」

「ノーランドに行くだろう？　コルケットに行くだろう？　もちろん皇宮にも行かないとね。ああ、琥珀との約束もある」

確かに大忙しの一年にはなるわよね。

でも楽しみでもある。

きっといろんな人に会えるでしょ。出会いだってたくさんあるはず。

素敵だなって思える人に会えちゃったり？

「きみがどう動くかで、帝国の未来が変わるね」

「ご飯がおいしくなくなることを言わないでください」

どう動くかなんて、その時になってみないとわからない。

私はただ、私の周りの大好きな人達と平和に暮らしたいだけだ。

そして精霊達と仲良く暮らしたい。

「帝国中がディアの噂でもちきりになるだろうな。でも、心配しなくても、僕達はずっときみの味方だよ」

「ディアを悲しませるやつは、誰であろうとやっつけるから」

嬉しいけど。

帝国の未来を変えるの、あなた達じゃないですかね。

あまり派手なことはするのやめよう？

平穏に。穏便に。

「ベリサリオに言えないからって、ブリス伯爵家やエドキンズ伯爵家に嫌がらせするやつがいるらしいよ」

「まあ、どこのどいつですの？」

でも、そういうやつはぶっ飛ばしていいんじゃないかな？

実は苦労人？

―クリス視点―

その日、僕は初めて彼女に会った。

生まれたばかりでどこもかしこも小さくて、アランが頬をつついた指を一生懸命捕まえようとしていた。

まだふわふわの薄い髪は綺麗な金色で、大きな瞳は紫色だ。

「わあ、かわいいね。早く一緒に遊べるようになりたいなあ」

僕が言ったら、それは嬉しそうに彼女は笑ってくれたんだ。

その日から、ディアドラは僕とアランの大切なお姫様になった。

力のある者の周りには少しでもおこぼれに与《あずか》ろうと、いろんなやつが近づいてくる。

自分の力だけでは上に行けない者ほど、つまらない小細工をしてくるものだ。

父上が若くして辺境伯の地位についた時には、後ろ盾になるからと近付いてきて、父上がひとりでも領地を治める判断力と決断力を持っているとわかると、今度は娘を嫁がせようとする。

あいにくとうちの両親は恋愛結婚だし、母上は侯爵家の娘で家柄も申し分なく、エーフェニア陛下と仲がいい。しかも息子をふたりも授かって、跡継ぎにも不安がない。

誰も第二夫人を娶《めと》れとは言えなかった。

そしたら次のターゲットは僕だ。

跡継ぎの嫡男と息子を友達にさせようと連れてくる大人達が、毎日のように顔を出した。

子供は嫌いだ。じっとしていられないし、僕の話を理解出来ない。

同じことを何度も言うし、親の言うことなら間違っていても信じてしまう。

子供が駄目ならと、執事や側近にするために少し年上の青年を連れて来たり、自分が話し相手になろうとしたりする大人もいた。

「僕のところにそんなに来るってことは、お仕事していないんですか？」

何度も顔を出す相手には冷ややかに言い、使えない執事や側近は追い返した。

子供の僕に聞かれて、まともに答えが返せないやつはいらない。

わからないなら調べればいいのに、笑ってごまかそうとする奴なんて、傍に置いておく意味がない。

三歳年下のアランはその辺は上手くて、黙って大人達の会話を聞いて情報を得ては僕に教えてくれた。

「父上に話せばいいじゃないか」

「跡継ぎは兄上なんだから、父上と話すのは兄上がいいよ。僕は近衛騎士団に入隊したいって言っているのに、あなたの方が跡継ぎにふさわしいってしつこい馬鹿が多くてめんどくさい」

彼は勉強は嫌いだけど頭の回転が速くて、子供達とも仲良くやっているのに大人と剣の練習をしている時の方が楽しそうだ。

「意外と腹黒い？」

「えええ？　ちゃんと本人にしつこいよって言っているよ。それでも言い続ければ僕が頷くと思っているのかな」

「それくらいしかやれることがないんじゃないか？」

「はあ。仕事の出来る人は、僕達のところに来るほど暇じゃないよね」

「最近は観光に来る人が減っているってことで、父上に苦情を言う人が多いみたいだな」

父上は海軍や国境軍の運営や、貿易についてはそつなくこなしているんだけど、どうも観光業は苦手みたいだ。

女性が求めるものがわからないって嘆《なげ》いている。

「母上に頼めばいいのに」

「母上はエーフェニア陛下の相談に乗っていて忙しいらしい……あ、ディアドラだ」

庭園のベンチでアランと話していたら、メイドと手を繋いで散歩しているディアドラを見つけた。

三歳になったばかりだというのに、彼女の歩き方は危なげがない。

金色の髪と白いドレスが風に揺れて、大きな紫色の瞳は高価な宝石みたいだ。

大人になったらそれは美しい女性になるだろうとみんなが言っているし、僕も少し前までは妖精みたいな子だなって思っていた。

放っておいたら消えちゃいそうな透明感があるから。

でも今では、おとなしく消えるわけがないって思っている。

見た目と反して、それはもう逞しい。

それに彼女は僕と同じ。

たぶん初等教育課程どころか高等教育課程の勉強もわかるんじゃないかな。

「あ、お兄様!!」

僕とアランに気付いたディアドラは、爪先立ちになるまで右手を上に伸ばして笑顔で手を振ってくれる。会えて嬉しいって全身で表現してくれていて、腹の中で何を考えているかわからない大人とばかり接したあとだと天使に見える。

「ディアドラ、散歩？」

「そうです。運動しに訓練場に行きます!!」

「今日もディアドラが可愛い。あの笑顔が僕の癒しだ」

「兄上、疲れている？」

「訓練場ってどこだろう？」

「騎士団の訓練場だよ。ラジオ体操っていう体操を広めているんだ」

「ラジオ体操？」

なんだろう、それは。

三歳児が普及させた体操を騎士達がやっているのか？

大丈夫か、うちの騎士団。

「あ、走ると危ないよ」

アランと僕とほぼ同時に慌てて腰を浮かせた。

いくらしっかりしていたって体は三歳児だ。手足が短くて頭が大きい。

バランスが悪いから急いで走ると転ぶのに、ディアドラはすぐにそれを忘れてしまう。

頭がいいのに、そういうところは抜けている。

「あ」

転ぶ時に「キャー」なんて言う人はあまりいない。

少なくともディアドラは、いつも無言で転ぶ。

「受け身？」

え？　体術を習っているならわかるけど、あの子は受け身なんて知らないでしょ。

でも確かにそのまま前につんのめるはずのところを、右肩を内側に入れて体を捻ってくるって回転しながら背中から転んだ。

そしてそのまま起き上がるつもりだったのか、勢いがつきすぎたのか、くるくると芝生の上を転がってこちらに近づいてくる。

「アラン、笑いすぎだ」

「だって、あの子……いつも楽しい」

本当にディアドラには毎回驚かされる。

予想の斜め上を加速度をつけて走っていく。

今も、転がりながら体が淡い水色の光に包まれていたから、水の精霊が回復魔法をかけてくれたんだろう。

「回復魔法を覚える精霊は少ないのに、もう覚えたのか」

「見た？　精霊が自分でかけてくれてたよ」

指示しなくても精霊が自主的に癒してくれる。

それがどれだけ珍しい状況なのか、彼女は気付いていないんだろうな。

「また転んじゃいました」

「だから走っちゃ駄目だって言われているだろう」

「でも……」

不意にディアドラは靴を脱いでしゃがみ込んだ。

「どうしたんだい？」

「ほらやっぱり。つるつるだからだ」

彼女が自慢気に見せたのは靴底だ。

「ダナ。つるつるじゃない靴は？」

「靴の裏は確認していませんでした」

喋り方をどんなに幼い風にしてみても、転んだ原因が靴底の形状にあるって気付くだけで三歳児としておかしいんだけど、なんでそこには気付かない。

「ここに溝があるやつ欲しい」

どういう靴底なら滑りにくいかもわかっているのなら、それを知っている自分のおかしさにも気付いて。

そして普通の子供の振りをしたいのなら、僕の前でそういうずさんな隠し方をしないで。

大雑把なのかな。

それとも僕にならばれていいと思っているのかな。

どっちにしろディアドラのためだから、僕がフォローしておくけどね。

「靴底じゃなくて、ディアドラの顔が大きいから転ぶんだよ」

「ええ⁉」

「アラン、女の子に顔が大きいは駄目だ。子供だから頭が大きいだけだよ」

「えええ⁉」

あれ？　どっちもダメ？　女の子ってむずかしいな。

◆

ディアドラが四歳になる少し前、大きな転換期が訪れた。

いずれは来ると覚悟はしていたけれど、予想していたより早かった。原因は精霊だ。

ディアドラの精霊だけがみんなの精霊より大きいから、理由を知っているか聞いてみたんだ。

「魔力をあげるの」

魔力が精霊の糧《かて》なのは誰でも知っている。

魔法を使ったり、運動したり、生活しているだけでも魔力は発散されるから、それを精霊は糧にしている。

「こうやってあげるの」

そう言うなり、ディアドラは自分の掌に魔力をためた。

「食べていいよ」

ふわふわと水色と赤い光の球がディアドラの掌に近づくと、見る見るうちに魔力がなくなっていく。

「発散した魔力じゃなくて、自分で魔力をあげていたのか」

真似をして僕も掌に魔力を集めて、食べていいよと精霊に言ってみた。

そうしたら、ものすごい勢いで精霊が魔力に飛びついて、あっという間に食べきってしまった。

飢えていたのかな。

もう何年もずっと一緒にいたのに放置したままだったなんて、ものすごく申し訳ない。

もっとくれというように精霊がまとわりついてきた。

こんなふうに、僕の精霊が動くのは初めてだ。

「餌をくれたから、存在を認めてくれたと思ったんですね」

相変わらず、気を抜くと普通に大人の話し方をする四歳児。これはまずい。

しかもこの後すぐに、皆には見えなかったアランの剣精に気付いて、魔力を与えることで見えるようになると実演してしまった。

もうあまり時間がない。皇子達に精霊がいなくて、宮廷ではかなり問題になっているんだ。

精霊の大きさといい、魔力と精霊の関係といい、彼女は間違いなく注目を浴びる。

そんなことがなくても、あの可愛さだけでも注目の的になるだろう。

だから、今更隠す必要はないよと知らせたくて、ブラッドに伝言を頼んだ。

でもそれが間違った判断だったらしい。

「ディアは最近、僕達より執事達とこそこそと何かしてるね」

アランにまで言われるほど、ディアに警戒されている。

「無理に四歳児っぽくしないでくれって言ったら、警戒された」

「なんで？　ばればれだったのに？」

「本人はうまくやっているつもりだったんだろう。……だけど、知られたとして何がまずいんだろう」

「兄上は使用人達から怖がられているから、執事に何か言われたんじゃない？」

確かに何人か追い返したよ。

彼らにとっては生活や人生がかかっている仕事を、あっさりとクビにする大人ぶったガキだと思われているのかもしれない。

それでも、命じられたことだけを適当にこなす程度のやつらはいらない。

いずれ僕は爵位を継ぐんだ。

周囲に足を引っ張る可能性のあるやつを置いてはおけない。

「レックスとブラッドは優秀な奴らだから、彼らならわかっていると思ったんだけど」

「ふたりともディアを守ることしか考えていないんだ。兄上がディアに甘いことだけわかっていればいいんだよ」

「そんなにいろいろ考えられるくせに、なかなか剣精を手に入れられなくて拗ねて、ディアまで避けていたのは誰だっけ？」

「べ、別に拗ねてないし！」

体格ばかりでかくなって身長を抜かれそうな程なのに、そういうところは子供だな。

「僕の使用人評は、たぶん計算高いとか腹黒いとか容赦ないとか？」

「爵位継ぐのにそれはどうなの？　兄上は気に入ったやつとそれ以外の態度が違いすぎ！」

「最高に気に入っている実の妹に警戒されているんだけど」

「兄上を警戒しなくちゃいけない理由……なんだろう」

「あ」

もしかしてディアは爵位が欲しいのか？

あれだけ優秀な彼女なら、女辺境伯になっても問題なくやっていける。

「ええ？　そんなこと考えるかな」

「だったら、あの子に譲るのに」

「あっさりと何を言っているの⁉」

「別に親から爵位を譲ってもらわなくても、皇宮でいくらでも仕事ならあるだろう。宰相を目指すのもいいし、ああ、外相がいいな」

「ちょっと待った！　まずはディアと話をしようよ。お互い誤解しているんだよ」

「話し合いは必要だとは思っているよ」

彼女は自分の置かれた立場を、たぶんまだ理解出来ていない。

もう彼女は国中の貴族達の注目の的だ。

「この前は着眼点と発想力が優れているって話で父上は納得してくれたけど、このまま彼女が我が道を突き進むとフォローしきれなくなる」

「父上に知られないようにするの？」

「ディアの優秀さがわかれば、どちらかの皇子に嫁ぐって話になると思う」

「それは、ディアが嫌がるよ」

嫌がると思っているのは、僕とアランぐらいだろう。

両親は忙しくて僕達ほどディアと一緒にいる時間が長くないから、あの子をお転婆な女の子くらいに思っている。

皇子と結婚していずれは皇妃になるって、普通は高位貴族の令嬢にとっては憧れだから、彼女もそうだと思っているだろう。

でも昔からのしきたりを守らなくてはいけない皇宮で、ディアがディアらしく生きていけるわけがない。

「もうひとつ気になることがあるんだ」

アランの声のトーンが変わった。

「精霊王がお姫様を自分の国に連れて行ってしまった話が、いくつか図書室にあるんだって」

まさか。精霊王がディアを連れて行ってしまう⁉

「ディアと話そう」

「うん」

僕が思っていた以上に状況が目まぐるしく変化しているらしい。

ここで間違えると、ディアから本当に敵認定されてしまうかもしれない。

英雄の孫

―アラン視点―

書き下ろし
番外編

城の中に、僕を見る眼差しが冷ややかな者がいるのに気付いたのはいつだっただろう。

たしかディアが生まれる少し前には、僕という存在を疎ましく思う大人がいることに気付いていた。

「ほら……髪の色が……」

「ベリサリオの色じゃ……誰の……」

「旦那様……養子……」

彼らは僕が近くにいても平気で話をしていた。

自分の膝上くらいまでしか身長のない、二歳になったばかりの子供に何もわかるわけがない。聞かれたってかまわないと思っていたんだろう。

べつに知らない大人が何を言おうとかまわなかった。

どうして髪の色が僕だけ違うのか不思議だったけど、家族は何も言わないから聞いてはいけないような気がしていたし、家族以外の大人は、誰を信じていいのかわからなかった。

唯一、信用出来たのが執事のルーサーだ。

僕より一回り年上で、何代にもわたってベリサリオに仕えてくれている家の出で、筆頭執事のセバスの孫でもある。

「あれ？　今日もいるの？　休み取ってる？」

「いただいてますよ。でもこのお城に住んでいるので、暇を持て余しているよりはアラン様のお傍にいた方が楽しいのです」

「なんでさ」

「主にお仕えするのが執事のお仕事ですから」

すらっと細身で長身の、さも執事ですという雰囲気の者ばかりの一族の中で、ルーサーは性格的にも見た目的にも一番変人だ。レックスは好感の持てる爽《さわ》やかな顔立ちで、物腰も上品でそつのない執事らしい執事になりそうなタイプだけど、ルーサーはまず顔が怪しい。整った顔をしているのに悪役の顔だとよく言われている。胡散臭《うさんくさ》いのではなくて、悪そうな顔だ。背はあまり高くなく中肉中背。五人くらい人を殺したことがあるんじゃないかって思うほどの、隙のない動き方をする。

兄上が初対面の時にセバスに、

「本当にこいつ、アランの傍に置いて平気？」

って真顔で聞いていたぐらいだから、だいぶ怪しいんだろう。

おかげで彼がいる時は、誰も僕に冷ややかな目を向けてこない。

目があったら殺られるって思っているやつもいるかもしれない。

護衛もつけられるようになって、直接僕に聞こえる位置でわざとらしく髪の色を話題にする人はいなくなった。

それでも稀《まれ》に、こそこそとこちらを見ながら話している侍女や使用人はいるから、よほど僕の話題は楽しいんだろうなと思っていた。

そんな時、ディアドラが生まれた。僕に妹が出来た。

彼女は父にも母にも兄にもよく似ていた。僕だけが似ていなかった。

もしかしたら弟か妹が出来れば、その子は僕と同じ髪の色かもしれないとちょっとだけ期待していたのに、そうはならなかった。

でも、ほっぺがぷにぷにで、手なんて僕の指を一本掴むので精いっぱいの大きさで、顔のバランス的に不自然なほど大きな紫の目がきらきらしていて、無邪気に笑っているんだよ。こんな可愛い生き物を嫌いになれるわけがない。

妹なんだ。

僕はお兄ちゃんなんだから守ってあげないといけないんだ。

いずれ彼女も僕の髪の色を気にする時が来て、離れていくかもしれないけど、その時までは仲良くしたいと思った。

◆

僕に執事や警護がついたように、五歳になった兄の元に将来の側近候補が顔を出すようになった。

彼らはベリサリオの広大な領地を治めるために、いくつかエリアをわけて領地経営の代行を行ってもらっている貴族や、城や軍で働いている貴族の子息達だ。

子供は遠慮がないうえに城内の実質的な力関係がわかっていないため、貴族の子息である自分達は大事にされると思っている。

だからルーサーが傍にいても気にしない。彼は悪人顔でも平民だからだ。

「こいつがアランか」

「本当に髪が赤茶色だ。ベリサリオの色じゃないや」

「本当はおまえ、どこの子供だよ」

同じ貴族でも高位貴族の子息の僕は、彼らより身分が上のはずなんだけど、髪の色が違う時点で馬鹿にしてもいい対象になっているらしい。

たぶん僕が親や兄に言いつけても、僕より自分達の話を聞くと思っているんだろうね。

「いいんだ」

一歩前に出ようとしたルーリーを、小声で止めた。

「なんだよ。平民が俺達に何が出来るんだよ」

「俺達はクリス様の側近になるんだぞ。城から追い出してやろうか」

「こいつさ、不義の子なんじゃないか?」

「ああ、夫人が浮気したのか」

さすがにこれには僕も怒った。

「おまえ達、母上を侮辱する気か」

隣でルーサーも静かに切れていた。

殺気を向けられてはいない僕まで、全身に鳥肌が立つほどに。

「ひぃいいいいい」

「お、おまえ！　お父様に言いつけるぞ！」

「平民のくせに！」

兄上に言いつけると言わないあたり、僕にしている事を知られたくないのかもしれない。

「申し訳ありませんでした」

青くなって逃げ帰る子供達の背を眺めていると、ルーサーが突然謝りだした。

「アラン様に止められていたというのについ……」

「かまわないよ。母上を侮辱されるのは許せない」

「アラン様、あの者達を放置するおつもりですか」

ルーサーは僕に悪意を向けるやつらに対して手厳しい。あの時止めなければ、彼らの中の誰かを締め上げていただろう。

「兄上の側近だ。勝手にやり合うのはまずいよ。それより彼らが誰の息子なのか調べて」

「かしこまりました」

その頃の僕と兄は、まだどこかよそよそしい関係だった。

高位貴族の子供は兄弟でも、食事の時間以外は顔を合わせないなんてことはざらだ。親は王都に行っていたり社交界の付き合いがあって、家にいないことも多い。そういう時は大きなテーブルに兄とふたりだけで食事するけど、給仕や執事など家族以外の者が同じ部屋にたくさんいて、話を聞かれているんだろうなと思うと話しにくくて、ついもくもくと食事をしてしまう。兄上と直接会話する機会はそう多くはなかったんだ。

だからといって冷たい態度を取られたりはしていない。話をする時には、いつも優しい兄だった。

「ルーサーって執事だよね」

「はい。さようでございます」

「さっき、かなり怖かったけど。あれは何？」

「それは申し訳ありませんでした。執事はいざという時には身を挺《てい》してでもご主人様をお守りしますので、護身術は身に付けております」

「護身術……」

「それが面白かったもので、しばらく修行に夢中になっていた時期がありまして、情報収集の仕事を少ししておりました」

やっぱり変人だった。

でもそれがあとでとても役に立ったし、情報の大切さをいろいろと教えてくれたのはルーサーだった。

あとから聞いたところ僕に絡んできたやつらは、ふたりは男爵家、ひとりは子爵家の子供だった。はっきり言って評判は最悪。兄上がどうして彼らを放置しているのか気になったが、僕に口出し出来ることではなかった。

◆

その頃僕は、毎日ディアの部屋に通っていた。嫌なことがあったり、勉強に疲れたりした時には、ディアの笑顔が癒しだった。

生まれて半年。

ディアドラはかなり個性的な子供になっていた。

まず魔力量がすごい。この時期に精霊がついている子供なんて聞いたことがないって父上が言っていた。

魔力の発動の仕方ももう覚えていて、部屋に吊るされている魔道具の玩具を自分で動かしてしまう。

それに元気だ。いつも手足をバタバタさせている。

「今日も元気だね」

「あー……あー……らー」

「うん？　どうしたの？」

ディアドラはぷにぷにした小さな手を思いっきり開いて、大きな目を見開いた。

「あー……らー……んっ……たーー」

「え？　僕の名前を覚えたの？」

「たーーーー!!」

赤ん坊でもどや顔出来るって、その時に知った。めちゃくちゃ可愛かった。

「すごいな。僕の名前が言えるんだ」

「あー……らんっ！　……らんっ！　……かーみ」

「かみ？」

「あか……きでー！」

「きで？」

「きっ……れー！」

「切れ？」

ぶんぶんと首を横に振って、柵を足でガンガン蹴って違うって表現しているらしい。

「かみ……き、れ、いーーーーー!!」

髪が綺麗。赤いから？

僕だけ髪色が違うことを、自分でも気づかないうちに気にはしていたらしい。

ディアに褒められたのが嬉しくて、ちょっと涙が出そうになった。

「ありがとう。でもさすがにそこまで話せるのはどうなの？」

「は」

うん。両手で口を押さえるのはやめようか。僕の言葉全部理解しているよね、この子。

うちの妹はやばいって、実はもうこの時に気付いていた。

「これはどうしたんですか？」

ふと気付いたら、男の子を連れてセバスが来ていた。セバスは筆頭執事でルーサーの祖父だ。

「セバス様、これはお嬢様が動かしていらっしゃるんですよ」

「ほう……三個ともですか？」

「すごいだろ？　ディアドラは魔力が強いんだ」

メイドと話していたから、僕がいたことに気付いていなかったのかもしれない。

話しかけたら、セバスとレックスが驚いていた。

レックスがディアドラの執事になるんだということは、ルーサーから聞いてはいた。彼のことは、人のよさそうな普通の子だなと思った。いい意味で。今でもその印象は変わらない。

「気に入られたみたいだね」

「え？」

「妹をよろしくね」

憶えていないんだけど、その時、じーっとレックスの顔を見ながら僕はそんなことを言ったんだって。それは憶えていないけど、兄上より先にディアに名前を呼んでもらったって、ばれたらどうなるのかなと思ったのは憶えている。

僕はディアに褒めてもらって得意だった。ディアが名前を覚え始めたことを、兄上にも教えてあげたかった。

だから普段は近付かない兄の生活している区画に、ルーサーと護衛をひとりだけ連れて向かったんだ。

いつでも来ていいよとは言われていたし、僕が来たことは迷惑でも、ディアのことを話せば許されるだろうと思っていた。兄もディアが大好きだからね。

部屋の扉をノックをしたら、出てきたのは兄上の執事のひとりだった。

天才、神童と言われていた兄上は、男ということもあって二十歳を過ぎた執事をふたりつけられていた。ふたりとも貴族の子息だ。

「どうぞ、お入りください」

一度部屋に引っ込んだ執事が、再び顔を出して扉を大きく開けてくれる。兄上は僕が部屋に入ることを許可してくれたんだ。

「やあ、アラン。きみが僕の部屋に来るなんて珍しいね。なにかあったのかい？」

ソファーに座った兄上の傍には側近候補の子供達がいた。この間の三人と初めて見る兄上より少し年上の子供だ。

彼は興味深そうに僕を見たけど、特に表情を変えたりはしなかった。だけどこの間の三人は違う。

「こいつを部屋に入れていいんですか？」

「長男と次男は違うんだって教えてやらないと」

「きみ達は何を言っているんだ？」

怪訝そうな兄の表情にもかまわず、三人はにやにやしながら僕を眺めている。ルーサーが前に出ようとするのを制して、僕は兄のすぐそばに近付いた。

「本当にこの三人は、兄上の側近候補なんですね」

「彼らを知っているのか？」

「はい。かなりひどいことを言われました。彼らが兄上の側近候補ということは、彼らが言っていたことは兄上の考えでもあるんですか？」

兄上はソファーの近くに立っていた彼らを冷め切った眼で見あげ、近くに控えていた執事に目配せしてから、いつもの優しい顔に戻って僕を見た。

こわ。

ほんのちょっと顔をずらしただけでこの表情の違い。それも、僕には両方見えるようにして、彼らには僕に向ける表情を見せないようにしていた。

この世界で敵に回したくない人は、僕にはふたりだけいる。兄と妹だ。

大事なふたりだからというのもあるし、敵になったら生きているのが嫌になるだろうなというのもあるし、純粋に勝てないと思うからだ。

皇帝？　皇太子？　全くこわくない。

彼らが敵になっても家族が味方なら、なんとでもなる。

だからって敵にしようなんて思わないよ。僕はこの国が好きだし、近衛騎士団に入りたいんだから。

ともかくその時の兄はこわかった。

僕にひどいことを言ったと聞いて、もうそれだけでだいぶ怒っていたと後で聞いたけど、その時は、あまり親しくない兄弟だと思っていた僕からしたら、兄の怒りに気付いていない三人がむしろ大物に見えたくらいだ。

「彼らがなんて言っていたんだい？」

「僕の髪の色はベリサリオの色じゃない。おまえはどこの子供だって」

「おまえって言ったの？　辺境伯の次男を。僕の弟を。たかだか子爵の息子がおまえって？」

え？　怒るのそこなの？

さすがに彼らも、想像していたのと反応が違うと気づいて、まずいんじゃないかと互いに顔を見合わせていた。

「はい。ああそれと、母上が浮気したんだろうとも言っていました」

「……ほう」

五歳の子供が、「ほう」って言う？　しかも目つきが氷点下。ホントこわいよ。

「不敬罪だ。三人を閉じ込めておけ」

「はあ⁉　なんで？」

「こいつが嘘を言っているんですよ！」

「こいつ？」

「あ……」

「めんどうだ。牢《ろう》に入れておけ」

「はっ」

執事と警護の者達が、有無を言わさず彼らを引きずっていった。

呆気ない。

まさかこんな簡単に、彼らが排除されるなんて思っていなかった。

「父上に手紙を書く。彼らの処遇は父と相談して決める」

「はい」

手紙の準備をするためにもうひとりの執事が下がると、部屋に兄の執事や警護は誰もいなくなってしまった。でも兄はまったく気にしていない。

「アラン、ここに座って」

「……はい」

ぽんぽんと隣の座面を叩いてにっこりと微笑む兄の傍に、恐る恐る歩み寄る。なぜって？　とっても楽しそうな顔をしていたからだ。

「お茶を淹れる？」

「お願い」

残っていた側近候補のひとりが立ち上がろうとしたのを、ルーサーが慌てて止めたが、

「ここはクリス様の部屋だから、きみはアラン様の傍に控えていてくれればいいよ」

そう言ってお茶を淹れ始めた。彼はライ。今は兄上の正式な側近になっている。

「アラン、二歳にしては口が回るね」

座った途端に、ガシッと肩に手を回された。

「さすが僕の弟。こうでなくちゃ。今まであまり話さなかったのは、隠してたの？」

「……隠す？」

隠すも何も、いつも兄上に比べられていたから、自分は普通の子供だと思っていた。

ディアはどう見ても異常だし、もしかして僕も普通の子供ではないのかと、兄上に言われて初めてその可能性を考えた。

「僕は普通じゃないかな。ディアなんてもう、僕の名前を話せたよ」

「なにいっ！　ずるいよ!!」

兄上は慌てて立ち上がり、走り出す構えを取ったところで動きを止め、拳を握り締めてうーーーんと呻《うめ》いて、

「でも今はこっちの話が大事！」

ドカッと椅子に座り、僕の肩に手を置いて自分の方を向かせた。

「アラン」

「はい」

「もしかして、きみだけが髪の色が違う理由を知らなかったりする？」

「え？」

「ええ⁉」

「まさか⁉」

なぜかまわりが驚いていた。

「知らない」

「えええええ⁉　なんでご主人様はお話しなさってないんですか⁉」

ルーサーが絶叫した。

「たぶん、まだ子供だからわからないと思ったんだろうね。それか、セバスあたりが話しただろうと思っていたか。僕は父上から聞いているとばかり思っていたよ」

みんな話さなかったのは、誰かほかの人が話したと思っていたから？

それだけの理由？

「ルーサー、ちょっと父上を呼んできて。手紙じゃ駄目だ。これって大問題だよ」

「はい。行ってまいります！」

この時間は執務中なのに邪魔をしていいのかなと僕は思ったけど、他の誰もそうは思わなかったようで、ルーサーはすごい勢いで部屋を飛び出していった。廊下は走ったらいけないと、いつもセバスに怒られているのに。

「アラン。僕から話しておこう」

「はい」

「きみの髪の色は先代の当主、つまりお爺様の髪の色を受け継いでいるんだよ」

「お爺様!?　なぜお爺様は髪の色が赤茶なの？」

「お婆様は妹しかいないんだ。先々代の子供は女性だけだったんだよ。だから婿をもらったんだ」

ベリサリオの人間ではないから祖父の髪が赤茶色で、僕はその髪色を受け継いで生まれただけだった。僕も間違いなくベリサリオの人間で、父上の子供で、この城にいていいんだ。

「そっか」

ようやく長らく悩んでいた心配事が消えて、ほっとしたら気が抜けてしまった。

「アランはもっと怒っていいんだよ。父上も母上も、セバスもルーサーだって、いくらだって話す機会も確認する機会もあっただろう？　なんで聞かなかったんだい？」

「うーん、みんな話さないなら、聞いちゃいけないのかなって」

首を傾げながら言ったら、兄上にがばっと抱き着かれた。

「気を遣わせてしまっていたんだね。他のやつからもいろいろと言われたりした？」

「うん……まあ……」

「理由を知らなかったら言い返せないよね。まだ二歳の子供にひどいことを平気で言うやつらは、この城にはいらないな」

その時の兄上は、十歳くらい年齢詐称している雰囲気だったんだけど、僕は思っていたよりも兄上が表情豊かで、僕のことを本気で心配してくれていて、ちょっとおちゃめな感じなことに驚くので手一杯だった。

「お爺様は死んじゃったの？」

「まさか。あーそうか。最後にベリサリオに帰ってきたのは、アランが生まれた時だもんね。覚えていないよね。父上も伯母上も僕もベリサリオの髪の色だっただろう？　ようやく自分と同じ髪色の孫が生まれて、お爺様は大喜びで駆けつけたんだよ」

僕が生まれたのを、ディアが生まれた時みたいに家族が喜んだって知って、もっと早くに話を聞けばよかったと後悔した。

でもおかげで、兄上に対するわだかまりは消えて、傍にいることで緊張することもなくなった。そういえば今まで兄上に触ったことさえなかったと気づいて、ちょっとだけ兄上の服を摘まんでみたけど、全く嫌がらずに、何？　って首を傾げてくれた。

「お爺様は普段はどこにいるの？」

「僕達が生まれる前に戦争があったのは知っている？」

「はい」

「お爺様の生まれた家は、ノーランド辺境伯領の北東に小さな領地を持つ伯爵家でね。十年ほど前に、引退していた先代と伯爵が事故で亡くなってしまったんだ。先代がお爺様の兄上だね。伯爵の子供はまだ十四歳。成人もしていなかった。それでお爺様はベリサリオを父上に継いで、新しい若い伯爵がある程度経験を積むまで、後見人として領地経営を指導することになったんだ」

「お婆様も一緒に？」

「そう。そうして三年くらい経った時だったかな。あの戦争で領地が戦場になってしまったんだ。お爺様も戦ったんだよ」

　勝ち戦で将軍が活躍して国境が広がったことしか、僕は習っていなかった。勝とうが負けようが戦争をすれば人が死ぬ。戦場になれば田畑が荒らされ、家も壊される。

　ベリサリオでは戦争が起こらなかったから、遠い話のような気がしていたけど、そうか、お爺様の生まれた土地が戦場になったのか。

「その後始末と復興が大変で、なかなか戻ってこられなかったんだけど、二年前に戻ってきた時にね、もう向こうの当主も一人前になったし、自分はベリサリオの人間なのにいつまでもいたら駄目だろうって」

「え？」

「お婆様と旅行に行ってしまった」

「復興は⁉」

「もう終わっているんじゃないか？」

「ええええ？　僕今、すっごいいい話だと思っていたのに⁉」

戦場になったのは国境沿いのごく一部で、復興はノーランド辺境伯の手助けもあり順調に終了。自由の身となった祖父母は外国に行ってしまっていて、連絡が取れなくて、ディアが生まれたことも知らないかもしれないらしい。父上もまあそのうち連絡が来るだろうと放置していたんだ。

僕に誰も話をしていなかったことといい、みんなちょっといい加減すぎる。それで苦労するのは兄上なんだぞ。うん。僕ではない。

「恐れながらクリス様」

ふたりの会話に、意外なことに僕の警護についていた騎士が口を挟んだ。

「なに？」

「アラン様にはぜひ、先代がベリサリオの英雄と呼ばれていることもお話していただきたい。ベリサリオに仕える貴族達は、先代の偉業さえ子供に伝えないとは嘆かわしい。騎士団でも海軍でも、先代の髪色を継いだアラン様は大人気ですよ」

「英雄？　戦場で活躍したから？」

「違うよ、アラン。精霊を陣営に組み込んだ、今のうちの海軍や騎士団の戦い方を考えたのがお爺様なんだ。剣や槍を使う者達が、こんなに精霊を持っている領地は他にはないんだよ。精霊がいれば回復してくれる。攻撃だって手伝ってくれる。それぞれの持つ精霊の属性を上手く活用出来るように考えたのがお爺様なんだ」

ディアが動く前からベリサリオに精霊が多かったのは、お爺様が軍隊や防衛に精霊を活用しようと、騎士や兵士の魔力の底上げをしていたからだった。

そして戦争が近づく状況になるとすぐ、ルフタネンとシュタルクに、ベリサリオの精霊を使った海軍はやばいぞと噂を流し、港の目立つ場所に、精霊持ちばかりを乗せた船を並べたんだそうだ。

そのおかげか、ルフタネンもシュタルクも宣戦布告して来なかった。

ベリサリオは戦争に巻き込まれず、農作物は無傷で、戦場に物資を送ることが出来た。

足りない分は輸入で賄い、ルフタネンとシュタルクはベリサリオを敵にしなかったおかげで儲けることが出来たわけだ。

「軍隊は、戦争を起こさないために活用するべきだってお爺様はおっしゃっていたんだよ。この国では戦争で大活躍した将軍が英雄だけど、ベリサリオでは、戦争を起こさせなかったお爺様が英雄なんだ」

話の全部は二歳の僕にはまだ理解出来なかったけど、すごいって思った。

お爺様はすごい。ベリサリオはすごい。

お爺様が生まれ故郷に帰った後、ベリサリオを守った父上もすごいし、五歳で全部わかっている兄上もすごい。

ディアが名前を呼んでくれたのがきっかけで、こうして兄上と話が出来たんだから、ディアもすごい。

そして僕もその一族のひとりなのだと誇れる嬉しさ。

「戦争を起こさないための軍隊か」

「アラン。なんで今まで普通の子の振りをしていたの？」

「え？」

にまにまと楽しそうな顔を向けられて、どう答えようかと視線が泳ぐ。

「勉強は好きじゃないから」

「あははは。そっか。確かにつまらないかもね。でも知識は武器になるよ」

何度も言うけど五歳の子供が言うセリフじゃないよ。

なんて答えればいいかわからなくて困っていたら、

「アラン!!」

父上が部屋に飛び込んできた。

「髪の色がお爺様譲りだと知らなかったというのは本当か？」

「はい」

「なんだとー！　てっきり知っていると……」

「それで嫌なことを言われたって本当なの？」

少し遅れて母上も部屋に駆け込んできた。

その後ろにはセバスやレックスもいるし、父上や母上の執事や侍女もいる。仕事を終えて戻ってきた兄上の執事や護衛もいた。

部屋が一気に人でいっぱいになってしまった。

「父上、母上。使用人や侍女全員にお爺様の話をした方がいいです。執事達はセバスがしてくれているんだろう？」

「もちろんです」

背筋を伸ばして立ったセバスは、呆れ顔で父上を見ている。先々代から執事をしているセバスからしたら、城内にお爺様を知らない者がいるというのは信じられないことだろう。

「僕の側近候補のコリアー子爵の息子達が、アランにひどいことを言ったそうです。これで追い出せますよ」

ルーサーが父上に近付き耳打ちした。話を聞くうちに父上の顔つきが変わっていく。

浮気したなんて言葉を母上には聞かせられないからね。

「それで彼らはどうした？」

「故意に我々を侮辱する噂を流し、アランに嫌がらせしたんです。アランをこいつ呼ばわりですよ。牢に入れておきました」

「よし。そのまま何日か放置しておけ。その間に子爵に苦情を入れておこう」

兄上と父上が話している間、僕はずっと母上に抱きしめられ、何度も謝られてしまった。

こんなに母上を心配させてしまうなら、これからは何かあったらすぐに聞こうと心に決めた。


その日を境に、僕と兄上は急速に仲良くなった。

ディアの存在も大きかった。

ふたりともベリサリオが好きで、家族が好きで、ディアを守りたかった。

ディアが歩くようになって、走るようになって、日課のように転ぶようになる頃には、互いの得意分野を伸ばして協力し合い、兄弟兼相棒のようになっていた。

傍にいる時間は少なかったけどね。

互いに知り合いを増やし、仲間を増やすのに忙しいし、僕は情報を集める方法をルーサーに習っていた。

あまり勉強が好きではない僕は、兄上のように天才ではないしディアのように魔力が多くて強くはない。英雄の祖父の血を色濃く引く分、剣の才能があると思われていた。

だから兄上の前では言葉に気を遣う貴族も、僕が近くで遊んでいても、そちらに顔を向けなければ話を聞いているとは思わない。聞いていても理解出来ていると思っていない。

理解出来なくても、聞いたことをそのまま伝えることは出来るのにね。

そうしてディアが訓練場に一緒に通うようになった頃、また僕の髪を話題にする者が出てきた。

でも前とは事情が違う。

彼らは、祖父の存在を知っている。両親とセバスが新人には研修の際に必ず、祖父母の話をしているからだ。

「あー、僕はもう家庭教師が来るから行かなくちゃ」

「毎日勉強してない？」

「学ぶと更に知りたいことが増えるんだよ」

「ぶー」

ディアが不満そうな顔で口をとがらせて、変な声を出した。彼女も勉強があまり好きじゃないいんだろう。

こうしてわざと子供っぽいことをすることがたまにあるんだよね。特に親しくない人がいる時には。

今日はダナとシンシアが出かけていて、その間、母上の侍女がふたり、ディアの相手をしていた。傍にレックスがいるから大丈夫だろうけど、ふたりとも雰囲気がよくない気がする。

「じゃあ僕は行くね」

「僕達は訓練場に行こうか」

「はーーい」

兄が執事や警護と歩き出し、僕はディアドラと手を繋いだ。そして兄上達が少し離れた途端に侍女達の態度が一変した。

「ディアドラ様、あちらに行きましょう」

「そうです。クリス様のお傍がいいですわ」

「おふたりとも、話を聞いていなかったのですか？　ディアドラ様はアラン様と訓練場においでになるそうですよ」

ルーサーが前に出ると、ふたりは慌ててディアの手を掴んで引っ張った。

「きゃあこわい。脅されたって奥様に言わなくちゃ」

「だから平民は……」

「そんなに手を引っ張ったら、ディアドラが怪我をするよ」

「近づかないでください。ディアドラ様は父親のわからない子供と一緒にしておけません」

このふたりはわざと言っている。わかっていて母上を侮辱している。

「おまえ達……」

「いやあああああ!!」

その時、不意にディアが絶叫した。子供の女の子の高い声はよく響く。

「いたっ」

しかもディアは自分の手を掴んでいた侍女の手を、もう片方の手で思いっきり叩いて、驚いて侍女が手を離すとすぐに、僕にしがみついてきた。

「このふたり嫌い！　お母様に、もう私につけないでって言う！　アランお兄様に意地悪言った！」

「ディアドラ様、私達はあなたのためを思って」

「傍に来ないで。あなた達なんか大っ嫌い！」

僕や侍女の声は聞こえなくても、ディアの声だけはいろんな場所から慌てて駆けつけた人々に聞こえていたんだろう。みんなの侍女を見る目が冷たい。

「どうした、ディアドラ！」

兄上が走って戻ってくると、ディアはびしっと侍女を指さした。

「クリスお兄様、このふたりがアランお兄様やルーサーに悪口言ったの！　私の手をグイって引っ張ったの！　痛かった」

もしかして兄上はこの時、わざとこのふたりをディアにつけたのかもしれない。

城では神童と言われている兄上が大事にされ、特に新しく来た者達は家族でひとりだけ毛色の違う僕を軽んじることもよくある。この頃、僕だけ精霊がいなかったし。

その代わり、訓練場では僕の人気は兄上より高い。

僕が生まれた時に帰ってきた祖父が、二か月ほど海軍、国境軍、騎士団に顔を出して指導し、若い騎士や兵士に稽古をつけたからだ。訓練場には、軍に入団希望のまだ成人していない子供達も顔を出す。五年経てば、その頃祖父に稽古をつけてもらっていた子供達は騎士や兵士になっている。

祖父が髪の色が同じだと、大喜びで僕を抱いて訓練場に連れて来た時に居合わせた兵士にとって、僕は大事な英雄の孫だった。

その人気を知って、兄上に上手く近寄れなかった者達、使えないと排除された者達が僕に気に入られようとするようになった。

たぶんこの侍女達の狙いは、僕と兄上を仲違いさせることだ。そのためにディアを使おうとしたわけだ。

もしディアが普通の子供で侍女の話を信じ込んだら、もし僕がひとりだけ髪色が違うことを気にして孤立し、騎士や兵士とだけ親しくしていたら。

うちの家族はバラバラになっただろう。

「母上に連絡を。このふたりは部屋に閉じ込めておけ。外部に連絡させるな」

「アランお兄様……」

「もしかしてディアは知らなかったかな。僕の髪はね、お爺様譲りなんだ」

心配そうなディアを安心させたくて、ディアの前に膝をついて目線を合わせた。

「お爺様？」

「今は外国に旅行に行っているらしくてね。もう五年も戻ってないんだよ」

王都で両親は何度か会っているらしい。

お爺様の実家にも顔を出しているらしいのに、ベリサリオはうまくいっているから、今更自分が顔を出さないほうがいいと言って帰ってこないそうだ。

「私、会ったことない。知らない」

あ、これはやばいかも。ディアはつーんと横を向いた。

「なんで？　お兄様が生まれた時は会いに来て、私には会いに来てくれないの？」

「まったくだよね。お爺様もお婆様もひどいよね。僕ももう顔を忘れちゃったよ」

「僕も生まれた時のことなんて覚えてないな」

孫達が祖父母の顔もわからず、特にディアが会いに来てくれないと怒っていると聞いて、その後両親が慌てだした。

「そうね。一度帰ってきてもらったほうがいいわね、あなた」

「べつに私はいいもん」

「そんなこと言わないで。お婆様は女の子が生まれたと聞いて喜んでいたのよ」

「じゃあどうして会いに来てくれないの？」

「旅行が楽しいんだよ」

「お爺様の実家の方が居心地いいのかもね」

侍女達が連れていかれるのは、全く無視。

でも憎らし気な視線の先がディアなのが気になった。

「ディアドラの護衛を増やそう」

ディアに聞こえないように兄上に言われて僕は黙って頷いた。

◆

時が経って今。

ディアの四歳の誕生日の少し前から、ベリサリオは大きな変化の時を迎えた。

精霊の育て方を知り、精霊獣の存在を知り、精霊王に会った。

全部、ディアのおかげだ。

ちょっと前までなにも精霊を持っていなかった僕が、今では水の魔精と三属性剣精持ちだ。精霊王達に会いに行き、ディアの転生の話を聞き、兄弟の絆は以前より強くなっている。

僕は剣精と一緒に戦う方法をマスターしたくて、毎日訓練場に通っている。

全属性を持っているのは僕だけだけど、剣精を持っている人は他にもいるから、訓練をしながら試行錯誤をするのは楽しい。強くなっているって実感出来る。

神童の兄上、妖精姫の妹、そして近衛騎士団入団間違いなしの剣の使い手と言われる僕。

僕達はいつのまにか有名人になってしまっていた。

「アラン、歴史の先生が覚えが早いと褒めていたよ」

訓練場で今日も護衛や執事を引き連れて走っているディアを眺めながら、僕と兄上はベンチでのんびりと休んでいた。

「歴史は役に立つから。ディアは、転ばなくなったね」

「残念そうに言わない。外交も政治も役に立つよ」

「その辺は兄上が得意じゃない。それよりコリアー子爵が城に来ているって」

一瞬動きを止めた後、兄上は口元にだけ笑みを浮かべた。

「本当に面の皮が厚いやつだ」

ベリサリオ領内には大きな港がふたつある。

ひとつはルフタネンへの定期便や交易船が行き来している、この街にある港。

もうひとつが海峡を挟んでシュタルクと接している港だ。

以前その港はコリアー子爵に管理を依頼していた。その周辺一帯もだ。

コリアー子爵はいくつかの男爵家を味方に引き入れ、シュタルクと癒着し、物資や情報を隣国に流していた。父上が当主になったばかりだったから軽く見ていたのだろう。

そんな時、伯母様が結婚したいと土地を持たない中央の伯爵家の嫡男を連れて来た。皇宮で外務省補佐官をしている切れ者だったのに、皇宮で働くのもベリサリオで働くのもたいして変わらないだろうと、辺境伯領に来てくれたんだ。

父上は、今までコリアー子爵が管理していた港と領地を、伯爵夫妻に預けることにし、コリアー子爵や彼と共にシュタルクと癒着していた男爵家は、ばらばらに小さな山沿いの土地に追いやった。

文句を言いたくても、相手は土地を持たなくても伯爵だ。伯母様の夫でもあるわけだ。

父上に敵意を抱いたコリアー子爵は、兄上を取り込もうと考え、城に息子を送り込んだ。

馬鹿だったけど。

三日ほど牢に入れられて泣き喚いて、僕と母上に土下座して、子爵家の執事に迎えに来てもらって帰って行った。

ついこの間、僕に嫌がらせしてきた侍女もコリアー子爵の関係者だった。ディアを取り込むか、彼女を使って僕と兄上を仲違いさせようとしていたようだ。ディア相手にあの作戦は、さすがに無理があるよ。

「まだ何か出来ると思っているのかね」

「最近、海峡を北上した小さな村に、シュタルクの船が行くようになったそうだよ」

「コリアー子爵の領地？」

「違う。仲間の男爵家の領地」

「ふーん。向こうに逃げる気かな。……で、その情報はどこから掴んだんだい？」

「ルーサーが」

「いつもルーサーのせいにするね」

「彼は非常に優秀なんだ」

本当に彼は優秀なんだよ。

僕は二歳だった時から、コリアー子爵を見張って動きを報告してってお金を渡していただけだから。おかげで何人か優秀な人材もスカウト出来て、執事が三人になったよ。側近は邪魔だから置いていない。

「国外に行くなら、土産が欲しいと思うかもしれないね」

「ディアを狙ったりはしないでしょ？　精霊獣がいるし、そんなことしたらシュタルクが砂漠になる」

「コリアー子爵だよ？」

やばい。否定出来ない。

子爵達は精霊を得るために、城の湖に訪れる許可の出る日に合わせて城に来たということになっている。子供達や彼が紹介した侍女達がしでかした不敬な行いのために、ディアの誕生日会にも招待されず、今まで入場の許可さえ出なかったのだ。

そりゃあ愛妻家の父上が、母上が浮気したとか、僕の父親がどこの誰かわからないなんて言われて、そう簡単に許すはずはないよね。もうベリサリオで彼らの発言権はない。

他の貴族から避けられ、遠巻きに冷ややかな目を向けられ、こそこそと陰口を叩かれる。まるで二歳の頃の僕みたいな立ち位置だね。正直な気持ちとして、

「ざまあみろ」

兄上が言ってしまった。

「アランやディアを利用しようとした報いだ」

城内の泉に貴族達がいけるのは週に一回だけだ。他の曜日は騎士団や兵士達が行く日だったり、人間が誰も訪れない日もあるし、草木の手入れや掃除が行われる日もある。

城に泊まる貴族用には、宿泊施設用の別館があるから問題ない。ベリサリオは避暑地でもあるから、客を迎え入れる施設はひととおり揃っているし警備も万全だ。

ただ泉には皆がまとまって向かい、わざわざ他領から来てくれた貴族や知り合いがいれば、現地で僕達が精霊を探す手伝いをすることもある。

今日は伯母様夫婦が子供を連れて来ていたので、兄妹三人揃って一緒に泉に行くことになった。従兄弟達にも精霊獣を育ててもらいたいから、というのが表向きの理由。

本当はいい加減にうざいから、子爵一味をどうにかしたかった。

現在港を管理する伯爵家と、隣国との癒着の疑いがあって小さな領地に追いやられた子爵とその仲間が、同じ日に泉に向かうわけだ。警護の騎士達がピリピリしている。

その中で、従兄弟と泉に向かうディアの笑顔の可愛さが、皆の癒しになっていた。特に兄上の。

「今日もディアが可愛い」

「はいはい」

「アランはそう思わないの？」

「今日だけはあいつらの方が気になる」

子爵達に視線を向けて言ったら、兄上は鼻の頭に皺を寄せた。

「おっさんはどうでもいいし」

「おっさんて……」

泉で彼らは目的なさげにうろうろしていただけだった。

特に従兄弟達にも近付かず、精霊を探しているようにも見えない。

ここまで不自然だと、もしかして囮《おとり》なのか？

彼らにだって執事か補佐官らしき男がそれぞれについている。全員で六人。大の男が六人も草原をうろうろしているだけって、囮だとしてもひどくない？

何事もなく時間が経ち、城に戻る時間になった。

従兄弟達は一属性ずつ精霊が増えて嬉しそうだ。

ディアは、レックスと並んで元気いっぱいに歩いている。さりげなく傍に兄上とライもいる。子爵と男爵は最後尾を……あれ、執事風の男が三人ついてきていたよな。

はっとして周囲を見回して、黒服の男が腰を落とした体勢でディアの元に突っ込んでいくのが見えた。

「ディア！　後ろ！」

もうすぐでディアに手が届くという時に、ふたりの間にイフリーが顕現した。

炎の毛並みを持つ巨大なフェンリルだ。

「うわああ」

めんどくさそうに太い前足でべしっとはたかれ、男はぶっ飛んだ。

本当に空を飛んだんだよ。横っ飛びに飛んで草原に落ちて、勢いがついていたからそのままゴロゴロと転がっていった。

『精霊獣が命令されずに攻撃した⁉』

仲間の男は飛んでいったやつより精霊獣の方が気になったようだ。

どうも精霊や精霊獣は命令したことしかやってくれないと思っているようだ。それで子供相手なら攫えると思ったのか。

甘いな。ディアはゼロ歳児の頃から精霊と対話して、歩けるようになってすぐ、指示しなくても回復してもらっていたよ。

『逃げろ！　こいつら命令しなくても動くぞ』

『くそ。話が違う』

もうひとりの男に言われて踵を返して背を向けたところで、男はジンの風魔法でやっぱり吹っ飛ばされた。

「あいつらシュタルク語で話してる」

誰かがぼそっと言った。

最後のひとりは必死の形相で逃げ出そうとしたが、顕現したリヴァが長い体を伸ばし、男の顔を上から覗き込んだら、驚いたのか恐怖からか、その場に尻もちをついた。

竜の大きな顔が目の前ににゅっと現れたら、そりゃあ驚くしこわいよね。

「な、なんで。泉が見たいだけだと言っていただろう」

「我々は何も知らない」

すぐに警備兵が動き、襲撃犯を連れて来た子爵達は捕縛された。

どうやら利用されただけのようだが、無断でシュタルク人を城内に入れただけで大きな罪だ。まして彼らはディアを誘拐しようとしたんだ。

「あっちに仲間がいるのかも」

彼らはみんな、道からはずれた斜面に駆け込もうとしていた。

確かにここから直接斜面を降りれば街道近くに出るはずだ。

「ちょっと行ってくる」

剣精は身体強化に向いている。

風の剣精に協力してもらって駆け出した。

ふわりと体が浮いたので、右足を一歩踏み出し腰を低くしてバランスを取る。速度が増し、後ろに飛ばされそうになるのを、土の剣精が押さえてくれる。

城は丘の頂上に建っているから、街道まではずっと坂道だ。ぐんぐん斜面を降りていく。

「私も行く！」

「こら！　ディア！」

かなり後方でディアの声がした、彼女はおそらくイフリーに乗って、兄上も精霊の魔法で浮いて移動しているんだろう。

「ひゃあああ。早い早い。イフリー、早い！」

「危ないから停まって」

「でも楽しーー！」

誘拐されそうになった子が、自分から犯人の元に行くってどうなのさ。

後方を見る余裕はないけど、城の警備兵が僕達を見つけて駆け付けて来るのが視界の端にちらっと見えた。

「あれか」

城の西側、城壁の外の広場の端、細い裏道に入ってすぐの物陰に、薄汚れた馬車が二台停まっていた。上からだと丸見えだ。目つきの悪い体格のいい男が数人、馬車の傍に立っている。

走りながら近くの木の細い枝を掴んで折る。

その枝を構えると、赤い光がすーっと枝を包んで剣の形になって燃え上がり、手足が黄色く輝く。

僕の速さに遅れないように水色の小さな球体が、肩の横で楽しそうに揺れている。

精霊達が力を貸してくれるから、僕は大人に負けない力で戦える。

『なんだあいつら』

シュタルク語だ。間違いない。

「逃がさない！」

彼らを倒すのは、きっと警護兵がやってくれる。

だから僕は彼らが逃げないように、炎の剣を振り上げながら城壁を蹴って飛び上がり、馬車の屋根に降り立つと同時に振り下ろした。

『うわあ、馬車が！』

『ひー！　でかい魔獣がこっちに来るぞ！』

炎の剣はなんの抵抗も感じさせず、簡単に木製の馬車を真っ二つにした。

真ん中を切られたために、勢いで前と後ろの車輪が転がりだし、馬が押されて前の馬車にぶつかる。

僕は斜めになった屋根を前方に走り、角を蹴って前の馬車に飛び移った。同時に、後方で火の手が上がった。

『早く乗れ！』

さすが火の剣精が作った剣。切れ味がいいだけじゃなくて燃えるんだね。

『逃げろ！』

そうはいかない。

中に人がいるのに馬車を切ったら何人か殺してしまう。

それは嫌なので、屋根の上を走って、御者台に座る男の首筋に剣を当てた。

「止まれ」

『ぎゃーーー。熱い！　熱い！』

「あ、ごめん」

脅かすだけのつもりだったんだけど、炎の剣だから熱いんだね。

後ろで火事になっているんだから、そりゃそうだ。

御者の髪と服に火がついて、彼は馬車から転げ落ちた。

御者がいなくなっても馬は止まらない。恐怖でパニックになっているようだ。そこで水の精霊が馬より前に移動して、馬の顔面に冷たい水をお見舞いした。

「うわ、乱暴」

びっくりした馬は前足をあげて急に止まり、今度は二頭別々の方向に走りだそうとする。危ないから空中に浮いて避難したら、馬車は太い木に突っ込んでひっくり返った。

『馬車が！　燃える!!』

『ぎゃー！　なんだこの化け物！』

『助けてくれ！』

後方の馬車ではリヴァが姿を見せたせいで、男達が大騒ぎだ。シュタルク語で喚くから、目立ちまくっている。

前方ではひっくり返った馬車から、逃げようとした男達がはい出そうとしたところで警備兵に捕まった。

馬車が燃え上がり焦げ臭いにおいが風に流れて城内に届き、何事かと次々に兵士が出て来る。

「火事はまずいよ」

兄が水の魔法で火を消し止める頃には、シュタルク人は全員捕縛されていた。

「アラン様、今の炎の剣は剣精ですか？」

何しろ出て来た兵士の数が多いから、人手が余りまくっている。それで僕の話を聞こうと、顔見知りの兵士が何人も近づいてきた。

「木の枝を剣にしてもらってたんだけど、燃えちゃった」

「え？　木の枝？」

「剣に剣精の力を纏わせたんじゃないんですか？」

「子供はまだ剣は危ないからって、訓練場にいる時に訓練用の剣を持つ以外は、剣に触ったことないよ」

「えええええ⁉」

「いや、今、長い剣を振り回していたじゃないですか！」

「うへえ、あれが木の枝⁉」

大騒ぎしている彼らに付き合っていると長くなりそうなので、イフリーの上にちょこんと座っているディアの元に行くことにした。

「ディア、レックスが死にそうな顔になっているじゃないか」

「なんでだろうね？　ルーサーなんて、すっごい楽しそうに大笑いしながら坂を滑り降りていたのに」

「坂じゃないです！　木が植わっている崖の斜面です！　お嬢、無茶をしすぎですよ！」

「ふははは。さすがアラン様。お見事でした」

同じ執事でも、この反応の違い。

ディアの場合女の子だから、心配になるのはすごくよくわかる。あれが普通の反応だ。

「ええー、楽しかったのに。こういう遊びを……」

「御令嬢のする遊びではないですよね」

「そうだよ、ディア。誘拐されそうになったのに、警護や執事を置いて飛び出して何かあったら、彼らの罪になって職を失うかもしれないんだよ」

「あ……ごめんね、レックス」

「わかってくだされればいいんです」

反省してしゅんとしたディアの頭を撫でていると、レックスに会釈された。べつにレックスを助けたつもりじゃないけどね。ここで止めておかないと、ディアは直滑降コースとか作って遊びそうだろ。

「さあ、僕達は城に戻ろう。先に報告はしてもらっているけど、みんな心配しているよ」

兄上に言われて、僕達は執事や兵士に囲まれながら歩きだした。

そうだよね。突然三人して道から外れて崖の斜面を降りていってしまったから、何が起こっているのかわかっていない人もいるかもね。

「でもこれで、子爵達が捕まえられる。彼らの管理している港に無断で停泊している船は、全部没収しよう。いやあ、賠償金をどのくらいふんだくれるかな」

「兄上、子供なのに悪役顔になってるよ」

「クリスお兄様、格好いい！」

そこ、喜ばせない。周りにいる人達へのイメージは大事だよ。

降りるのは早いけど、登るのは大変だ。

ディアはイフリーに乗っているからいいけどさ、僕も兄上も、まだ精霊獣がいないから乗せてはもらえない。でも浮かせては貰えるので、空中をすーっと移動しながらバランス移動で動きを調節するのは、なかなか楽しい。

「こちらにおいででしたか。お怪我がなくて何よりです」

「すっかりマスターしたんですね」

馬でやってきた護衛の騎士達が、僕達の様子を見て呆れた顔になっている。

浮くのは簡単でも、そのまま移動するのは難しいから、訓練場で練習していたので見ている人はたくさんいるはずだ
「ご主人様がお待ちです。すぐに本館にお戻りください」

ただ、この移動の仕方は魔力をずっと消費するから、長時間は使えない。それに周りに歩いている人がいる時は危ない。

仕方がないので馬に乗せてもらって、本館まで移動した。

もう泉近くで起こったことは報告されているんだろう。いつもより警備の兵士の数が多い。

「アラン、あそこ」

馬を降りてすぐ、駆け寄ってきた兄上が僕の肩に手を置いて人混みの先を指さした。

父上の隣に、体格のいい年配の男性がいる。背が高く、肩幅が広い。そして、髪が僕とそっくりの赤茶色だ。

「あれがお爺様?」

「うん。帰ってきたんだね」

僕がお爺様から受け継いだのは髪の色だけじゃない。

兄上より背が高くなりそうなのも、運動神経がいいのも、剣の才能も、たぶん全部祖父譲りだ。

「ご苦労だった。三人とも怪我はないかい?」

僕達に気付いて、両親が駆け寄ってきた。話を聞いて心配していたんだろう。

「はい」

「子爵達もシュタルクの者達も牢に入れてある。これからゆっくりと話を聞くことにしよう」

「彼らにはこのまま一生地下で生活してもらったらどうかしら」

「いや、税金を使うのはもったいない。爵位を取り上げて強制労働がいいだろう」

ディアを誘拐しようとしたやつらだ。もう普通の生活は出来ない。

逃げ出したら、今度は精霊王に何をされるかわからない。

よくあんなずさんな計画を立てるよな。

「精霊や精霊獣が、自分で考えて協力してくれるって、そんなに珍しいのかな？」

「僕はベリサリオ以外では聞かないな」

「対話しないと、勝手に動いたら駄目なんだと思っちゃうかも」

なるほど。ディアの場合は、彼女があまりに転ぶから、心配した精霊が自発的に動いたんだと思ったんだけど、彼女も対話したんだね。

「おおお、この子がディアドラか。これは可愛い」

「まあ、本当に妖精みたいね。これが精霊獣なの？　素晴らしいわ！」

家族五人で話していたところに、お爺様とお婆様が話しかけてきた。

お婆様はベリサリオらしいシルバーに近いブロンドに、灰色の瞳の持ち主だ。お父様と似ているかもしれない。

でもようやく祖父母に会えたのに、ディアの反応が薄い。すっと母上の腰に抱き着き、困った顔で両親を見上げた。

「この人達はどなたですか？　知らない人です」

「え？　ああ、そうね。ディアは会うの初めてよね。この方達はディアのお爺様とお婆様よ」

「お爺様とお婆様？　なんで今まで会えなかったんでしょう。私はもう四歳です」

ああ、ディアは怒っているのか。

兄上や僕が生まれた時は帰ってきたのに、ディアだけ四年間ほっとかれたんだもんね。

つーんと孫にそっぽを向かれて、お爺様もお婆様もおろおろしている。

「僕も生まれた時のことなんて覚えていないから、お爺様とお婆様だと言われても……」

「僕もだよ。お爺様は実家の、僕の従兄弟達の方が可愛いんじゃないかな」

「そんなことはないぞ！　デュシャン王国の北の遊牧民達が、新しい国を作ろうと頑張っていたから、ちょっと協力をするつもりが……」

「だから早く、孫の顔を見に帰りたいって言ったじゃない！」

やばい。夫婦喧嘩勃発。

「あーーー！　お父様！　お母様！　お兄様に全て押し付けてどこで遊んでいたんですか！」

そこに伯母様までやってきた。

うちでディアが強いように、お爺様も父上も伯母さまには勝てないらしい。

「遊んでないぞ。そうだ！　土産だ。土産をたくさん買ってきたぞ！」

ディアの誘拐未遂事件もどきが発生したというのに、うちはいつもと変わらないな。

「平和？」

「いいことじゃないか。今回はアラン大活躍だな」

「アランお兄様素敵でした」

そういえばいつの間にか、僕の髪の色を気にする人はいなくなっていた。

新人でもちゃんと教育されているというのもあるけど、他に気になることが多すぎて、髪の色なんて些細なことなんだろう。

会う前からベリサリオの三兄妹の噂を聞いている人が多いというのもある。

「アラン、明日は訓練場に一緒に行くぞ。火の剣精の剣を見せてくれ」

「本当にお兄様とお爺様は似ていますね」

ディアに言われたけど、なんだろう。別に嬉しくもなく嫌でもなく。

「お爺様、帰ってくるのがちょっと遅かったみたいです」

「ぬお？　どういう意味だ？」

「いえべつに」

「お、おい。オーガスト。孫達が冷たいぞ」

「自業自得でしょう」

でもそれでよかったのかもしれない。

英雄の孫だって認められたって、それはただお爺様の名前を借りただけだ。

神童も妖精姫も、兄上やディアの力がすごいからつけられた名前なんだから。

「剣精を自在に操るとは、すごいですよ」

「ぜひ私にも炎も剣の作り方を教えてください」

別に認めてもらうために頑張ったわけではないけど、自分で頑張ろうと思えたから、きっと僕は強くなったんだと思う。

「剣精の使い方は、あまり他所に広げたくないから内緒で」

目立ちたくないしね。

「あいかわらず、情報収集メインでやるつもりか」

「ベリサリオの諜報担当で」

「それは、外に言えないだろう」

「剣精マスターとか、炎剣使いとかどうです？」

「絶対やだ」

「ディア、センス悪い」

「えーーー!?」

もうさ、ベリサリオのアランだって言えば、みんなが納得するようになればいいんだよ。

他に名前なんていらないんだ。

それに僕はもう、自分のこの赤茶色の髪を何気に気に入っているんだから。

あとがき

書籍版からこのお話を読んでくださった方も、ネットで読んで更に書籍でも読んでくださっている方も、この本を手に取ってくださりありがとうございます。

小説を一冊の本にするという経験は初めてのことで、こんなことも私が決めるのかと（後で考えてみれば当然なんですが）意外なことも多く、苦労したこともありました。

誤字に関しては、ほとんどなかったと思います。

私が小説を投稿しているサイトには「誤字報告」という機能がありまして、読んでくださった方が気付いた誤字を報告してくださるからです。作者がこんな楽をしていいのかという非常にありがたい機能です。他にも知らなかったことや忘れていたことをいろいろと教えていただきました。

じゃあ何を苦労したかというと、まずひとつはイラストをどうお願いするかです。

外見を指定するのはもちろん、服も髪型も全部指定します。背景の部屋や人物の位置関係も打ち合わせしなくてはいけません。

当然ですよね。私の頭の中にある情景を、私以外に説明出来る人がいたらこわいです。

でもこれが大変なんです。小説に書いている以上にどう説明すればいいんでしょう。絵を描く？　そんな無茶振りされても困ります。ネットで検索してイメージに近い画像を集めて指定するやり方が多いそうです。でもそれにしたって、そう都合よく画像は落ちていません。

「あとはおまかせします。私より藤小豆先生の方がセンスがいいはずです」

私も以前はデザイン関係の仕事をしていたのでわかります。おまかせといっておいて、あとから文句を言うクライアントの多いこと。……はい。私も同じですね。

でもほとんどラフのままですよ。さすがです。素敵な絵が出来上がってきて、テンション爆上がりでした。小型化リヴァなんてべらぼーに可愛くないですか？

次に苦労したのが題名です。ネット上では「転生したので今度は長生きしたい」という題名でした。

不摂生がたたって早死にしたディアが、この世界では精霊王の祝福をもらい、子供の頃から毎日運動する習慣をつけ、美しく成長して素敵な男性と恋に落ちる……なんて話を書こうとしていた時が私にもありました。書き出しと結末は変わらなくても、そこまでの道のりがどんどんそれていくことは、作家あるあるだと思います。

ずいぶん前から題名を変えようと考えてはいたんです。でも思いつかないままずるずるときて、書籍化されると決まったからといって、すぐにポンと題名が思いつくわけもなく、編集さんと考えようと話しつつ三か月以上。お互いに案を出し合って、最終的には……、

「あとはおまかせします」もうわからなくなってきました」

編集さんにぶん投げました。なにをやっているんですかね。

優しい読者様方と優しいイラストレーター様と優しい編集さんのおかげでこの本が出来上がりました。みなさん、ありがとうございます。

あれ？　結局、私はあまり何もしていない気がします。

第1回

転生令嬢は精霊に愛されて最強です……だけど普通に恋したい！

人気キャラクター投票結果発表！

書籍化記念企画！　皆様の熱い想いが込められた上位10名を発表！

見事１位に輝いたディアドラの藤小豆先生描き下ろしイラストも大公開！

※本企画は2019年12月25日～2020年１月10日にTOブックスオンラインストア（https://tobooks.shop-pro.jp/）にて開催されました。

1位　ディアドラ

また目立っちゃってない？

2位　クリス

さすがはディアだね

3位　瑠璃

わるくないだろう

4位　アラン
5位　蘇芳
6位　リヴァ
7位　翡翠
8位　イフリー
9位　アンドリュー
10位　琥珀

風間レイ先生より

誰も投票してくれないのではと心配していたのですが、100票以上集まったそうです。

ありがとうございます。おかげさまでディアがぶっちぎりの１位に輝きました。

イラスト、めちゃくちゃ可愛いですよね。アニキ達がシスコンになるのも納得の可愛さです。

中身がアレで申し訳ない感じですが、今後も我が道を突き進むディアを見守ってください。

藤小豆先生より

たくさんのご投票ありがとうございました！

主役が人気を取ってくれると、イラストを描く身としても大変気合が入ります。

かわいくって強くて、元気なディアドラを本編でもぜひお楽しみください！


多数のご応募をありがとうございました！

皇族たろうと！
皇位継承をめぐる
陰謀が発覚!?
大切な精霊や
家族にも
危機が……
勝手は許しません！
やっかいな
ことに
精霊王の怒りで
皇都から精霊が
消える？
転生令嬢は
精霊に愛されて
最強です……
だけど普通に
恋したい！
2
The Reincarnated Count's daughter is the strongest as she is loved by spirits, though she is only wishing for regular romance!
2020年発売決定！

転生令嬢は精霊に愛されて最強です……だけど普通に恋したい！

2020年4月　1日　第1刷発行
2020年6月25日　第2刷発行

著　者　風間レイ

発行者　本田武市

発行所　TOブックス
〒150-0045
東京都渋谷区神泉町18-8　松濤ハイツ2F
TEL 03-6452-5766（編集）
0120-933-772（営業フリーダイヤル）
FAX 050-3156-0508
ホームページ　http://www.tobooks.jp
メール　info@tobooks.jp

印刷・製本　中央精版印刷株式会社

ISBN978-4-86472-939-0